Des filles, des filles, des filles et un garçon

W0110758

FLEURUS

Direction : Guillaume Arnaud
Direction éditoriale : Sarah Malherbe
Édition : Claire Renaud
Direction de fabrication : Thierry Dubus
Fabrication : Audrey Bord
Composition : Text'oh!

© Fleurus, Paris, 2020, pour l'ensemble de l'ouvrage
Site : www.fleuruseditions.com
ISBN : 978-2-2151-6760-0
Code MDS : 592926

Tous droits réservés pour tous pays.
« Loi n° 49-956 du 16 juillet 1949, modifiée par la loi n°2011-525 du 17 mars 2011, sur les publications destinées à la jeunesse. »

Des filles, des filles, des filles et un garçon

Sophie Laroche

Pour Olivier,
à ton sens de l'amitié qui n'a d'égal
que ton sens de l'humour.

*
**

Cette fois, Anis ne va pas se dégonfler. Il prend une grande inspiration, contracte ses abdominaux (essaie en tout cas), et se penche lentement mais sûrement vers le visage de la belle à la plage dormante. Il se redresse prestement : et si elle le repoussait ? Puis il maudit sa lâcheté : les autres sont partis, ils sont seuls tous les deux, c'est le moment idéal. Lundi, le lycée commence, ils entrent en seconde. Ce sera un cadre beaucoup moins propice à un premier baiser.

Alors que cette crique sauvage à l'abri des regards indiscrets est l'endroit parfait.

Solidaires, les mouettes l'encouragent en valsant au-dessus des deux serviettes. Certes, leur chœur ne franchirait pas le cap des auditions de « The Voice ». Mais virez le *h*, et le cœur y est suffisamment pour que le garçon se remotive : re-inspiration, re-contraction des abdos, re-mouvement vers l'avant. Anis ferme les yeux. Atterrissage de ses lèvres dans trois… deux… une seconde.

Bam ! Son front vient de taper celui de sa sirène qui s'est assise brutalement. En effet, une vague farceuse est venue leur chatouiller les pieds. Trajectoire déviée !

– C'était quoi ? demande une voix encore endormie.

C'était une traîtresse de vague, est sur le point de répondre Anis, avant de réaliser que la mer est au-moins à cinq mètres d'eux alors qu'un vieux chien, du style qui n'en a pas, se trouve, lui, à moins de cinquante centimètres de leurs serviettes.

Parfaitement réveillée, sa sirène maintenant debout est parvenue à la même conclusion que lui :

– Il nous a pissé dessus ! s'exclame-t-elle.

À sa voix, Anis comprend que c'est fichu : ils ne rejoueront pas la scène du baiser tout de suite. Elle tente de rincer sa serviette dans la mer, l'essore et commence à la fourrer dans son sac. Un coup d'œil à la ronde lui apprend que les autres sont partis. Anis se décide à jouer son va-tout :

– On se baigne une dernière fois ?

Après tout, le courant marin pourrait les précipiter dans les bras l'un de l'autre. Ou pas.

– Et s'essuyer avec nos serviettes pleines de pisse ? Non merci ! Faut que je rentre, de toute façon.

Elle s'en va… avec les vacances, le bon temps, l'insouciance de l'été… Anis n'a aucun argument à opposer. Silencieux, il profite un peu de la vue et admire la silhouette qui se meut devant lui.

– On se voit au lycée, lui lance-t-elle par-dessus son épaule, en tournant à peine la tête.

– Oui ! lui répond-il, avec enthousiasme.

Perdu pour perdu, le jeune homme déverse sa frustration sur le maître de l'animal. Un type sans allure, touriste égaré, qui n'a sans doute pas supporté l'idée que d'autres soient plus jeunes et plus heureux que lui.

Quoique, à son air taciturne, le gars devait déjà être vieux quand il était jeune.

– Ça vous dérange pas que votre animal se soulage sur les gens ?! attaque Anis.

Son ton agressif tranche avec la réponse, très calme, de l'homme :

– Nous sommes sur une plage non réglementée, c'est par excellence l'endroit où on laisse un chien se défouler.

Anis ne s'avoue pas vaincu pour autant :

– Eh bien, si pour vous se défouler c'est uriner sur les gens, je plains vos amis.

– Pour qui vous prenez-vous, jeune homme ? proteste celui qui ne l'est plus.

Mais Anis a encore en travers de la gorge ce baiser loupé (ce qui est bien moins agréable que sur les lèvres) à cause de ce maudit chien (et de sa propre lâcheté, d'accord). Cette fois, il ne compte pas s'arrêter en chemin :

– Dégage de là, avec ton bâtard. Rentre dans ta banlieue parisienne pourrie ou ton Nord glacial, ça nous fera enfin des vacances.

L'inconnu n'insiste pas. Il accélère le pas en direction de son chien qui, plus malin, a déserté la scène de crime depuis longtemps. Anis le regarde s'éloigner puis ramasse à son tour sa serviette humide et malodorante, qu'il met dans son sac en maudissant sa malchance, puis remonte vers la rue. Il traverse pour attendre son bus. Plus de sirène en vue. Loi des séries, son téléphone n'a plus suffisamment de batterie pour qu'il écoute de la musique. De toute façon, le fil de ses écouteurs provoque un faux contact, et Anis doit se contenter de deux mots sur trois quand il écoute ses rappeurs préférés. Au moins, il est du bon côté de la route : il a vue sur la mer. Ça le console un peu.

Anis est un prénom arabe qui signifie « le bon gars ». Sa mère, pas forcément objective quand il s'agit de son fils, affirme que ça lui va particulièrement bien. Elle a raison. Anis est un vrai gars sympa, qui se préoccupe des autres, qui n'aime pas attirer la lumière sur lui, qui écoute bien plus qu'il ne pérore. Tout à l'heure, il ne s'est pas reconnu devant ce pauvre touriste. Une part de lui s'en réjouit : il est capable de jouer les durs. Une autre le déplore : perdre ses moyens devant une fille, puis se défouler vulgairement sur un pauvre inconnu, ce n'est pas l'image qu'il a du gars bien.

*
**

Céleste se doutait que cette journée la chamboulerait. Mais elle n'imaginait pas à quel point. Ce samedi matin, quand elle a poussé la grille du refuge de Carros, elle était pleine d'espoir, de bonne volonté et de tendresse à dispenser aux animaux. Elle est bien obligée de reconnaître qu'elle avait abusé des émissions de la TNT sur les zoos, les vétérinaires et les centres d'adoption de nos zamis-les-bêtes : sans la musique à déclenchement lacrymal mais avec l'odeur, l'effet produit n'est pas le même.

Pas de méprise : Céleste a passé une chouette journée dans ce centre pour animaux abandonnés. Elle n'a pas vu le temps passer. Accueillie en début de matinée par Mario, le responsable, elle a visité les lieux, s'étonnant de tout l'espace dont disposent les chats dans la grande chatterie, se réjouissant de la propreté des boxes des chiens. La jeune fille s'est attardée devant certaines grilles, touchée par le regard d'un berger allemand, amusée par la ruse d'un petit bâtard qui, chaque fois que l'on passe devant son box, feint l'évanouissement pour avoir sa dose de caresses.

Initiée par Fanchon, quinquagénaire bénévole, Céleste est passée aux choses sérieuses. Dans ce cadre verdoyant, elle a baladé plusieurs chiens, avec plus ou moins de succès : tirant sur sa laisse, c'est plutôt Sardou, cinquante centimètres au garrot, qui l'a promenée, sous l'œil amusé de Mario et de

Victor, un jeune homme qui veut devenir soigneur animalier et qui travaille en alternance au refuge. (Fanchon est fan des chanteurs des années soixante-dix et quatre-vingt. Il est facile de deviner quels chiens et chats elle a elle-même accueillis et baptisés : Cloclo, Dave, Johnny, Eddy, Souchon, ou encore Sheila.)

Certaines tâches se sont révélées moins agréables que d'autres : en guise de bienvenue, Céleste a eu aussi deux enclos à nettoyer.

– C'est important de tester la motivation des nouveaux venus, lui a expliqué Mario. Ça nous évite de perdre du temps avec des jeunes qui se croient dans une émission de téléréalité.

Et Céleste s'est promis de modifier ses programmes télé, avant de se souvenir que, de toute façon, elle n'avait plus accès à la télé…

À midi, elle a partagé son sandwich et une mini-sieste à l'ombre d'un lagerstroemia en fleur avec le vieux Lulu. Ce basset artésien normand a posé son long museau sur ses jambes et s'est laissé triturer ses longues oreilles.

Dans l'après-midi, l'activité a repris avec l'arrivée de nouveaux visiteurs. Céleste a assisté au défilé des familles, des célibataires, des personnes âgées qui venaient chercher de la compagnie en échange d'un foyer aimant. Elle s'est inquiétée en voyant ce jeune enfant taquiner plus que de raison la pauvre Sheila.

– Il est joueur, a expliqué sa mère. Il nous a cassé deux consoles de jeux, alors on cherche des solutions.

La famille est repartie les bras vides. L'enfant voulait un chien qui attaque, il n'en démordait pas.

Plus tard, une femme a désigné Lulu à sa copine puis a lancé, fière de son effet :

– Mate un peu la saucisse sur pattes ! Tu crois qu'ils l'ont appelé Chipo ? En tout cas, j'aurais honte de me balader avec lui.

Céleste a été très tentée de lui lancer : « S'afficher avec une saucisse ou une andouille, qu'est-ce qui est le plus gênant ? Faudrait demander à votre amie ce qu'elle en pense. » Mais elle s'est retenue.

Puis le soleil a tapé bien fort et une certaine lassitude a envahi la jeune fille : elle serait quand même bien mieux à la plage avec des amis, à savourer la fraîcheur de la Méditerranée, plutôt que sous ce « cagnard », comme disent les gens du Sud. Mais elle s'est raisonnée : toute fraîche débarquée à Nice, elle n'avait de toute façon ici pas l'ombre d'un copain ou d'une copine.

Quand l'homme pousse la porte du refuge, l'équipe est en train de préparer la fermeture. Victor, le jeune homme en formation, met à jour le site Internet de l'association en évitant de répondre aux mille questions que lui pose Céleste. Le nouveau venu tire nerveusement sur une laisse. Au bout, un chien dépourvu de pédigree mais pas de jugeote : il a bien compris ce qui se joue et n'est pas pressé d'en finir, se dit Céleste. Sans un regard pour son compagnon, le maître sort un discours visiblement bien répété :

– C'est le chien de ma mère. Elle est morte la semaine dernière. Je ne peux pas le garder. Je suis absent toute la journée, ma femme aussi. En plus, nous vivons dans une résidence où les chiens sont interdits dans les espaces verts.

– Bonsoir monsieur, lui répond Mario, lui rappelant avec délicatesse les règles élémentaires de courtoisie que le stress (qui a bon dos) lui a sans doute fait oublier. Comment s'appelle votre chien ?

Spectatrice silencieuse, Céleste savoure ce « votre ». L'homme, qui n'a pas jeté un regard à l'animal depuis qu'il est entré, semble aussi très doué pour ne pas entendre ce qui le dérange.

– Ma mère appelait son chien Poupouille, répond-il, soudain gêné. C'est pas son vrai nom, c'est son surnom. Enfin, je crois, je suis pas sûr. Son vrai nom, je… je ne m'en souviens plus. Ma… ma mère…

L'homme se redresse, sa voix chasse toute émotion :

– Ma mère disait Poupouille, voilà.

Et en effet, à ce mot, le chien dresse l'oreille.

Qu'il est moche ! songe avec pitié Céleste. *Ça ne facilitera pas l'adoption.* Victor, lui, espère sans doute encore un autre dénouement. Il ruse :

– Votre mère habitait dans une maison, elle ?

– Non, en appartement ! répond l'homme avant de comprendre qu'il s'est fait piéger.

Sa mâchoire se resserre :

– Mais elle, elle avait le temps de s'en occuper, le chien n'était jamais seul. Depuis que je l'ai récupéré, il pleure dès qu'on part.

Victor n'insiste pas et Mario explique à l'homme les démarches pour un abandon d'animal. Son interlocuteur soulage sa conscience en remplissant un chèque à l'association. Céleste croit déceler une grimace sur son visage au moment où il le signe. C'est la goutte d'eau.

– Et l'héritage, vous pouvez pas vous en occuper non plus, ou pour toucher l'argent, ça ira mieux ?

– CÉLESTE ! la reprend Mario.

L'homme hésite et décide finalement de lui répondre par un regard foudroyant. Céleste est tentée de relancer la joute mais Victor l'en dissuade en posant sa main sur son bras.

L'homme part. Juste avant de refermer la porte, il se retourne et jette un dernier regard à Poupouille, chien de sa mère morte désormais abandonné. Mais Céleste est incapable de déchiffrer ce qu'elle y lit. Fanchon, elle, est déjà agenouillée devant le toutou et lui flatte l'encolure. L'animal suit la caresse de la bénévole d'un mouvement du museau.

– Eh bien Poupouille, voilà un nom qui te va bien ! sourit la bénévole. Je crois qu'on ne va pas en changer.

OUF !

Mario sermonne sévèrement Céleste : encore une réflexion de ce genre, et elle ne passera plus la grille du refuge. La jeune fille est tentée de « maisher », Mario ne lui en laisse pas le temps :

– Et ne me sors pas ton discours de cœur pur écœuré, ça ne prendra pas. Nous ne sommes pas là pour juger les humains mais pour aider les animaux.

Espèce de lâche ! songe d'abord très fort Céleste, en veillant cette fois à afficher une *poker face* qui ne trahit pas ses pensées. Mais une petite voix lui rappelle très vite que le méchant de l'histoire, ce n'est pas lui, bien au contraire. Poupouille est parti, escorté par Fanchon dans sa nouvelle demeure. Céleste jette un coup d'œil à sa montre : le bus qui la ramène dans Nice passe dans cinq minutes, elle ne doit pas traîner, au risque d'attendre une demi-heure. Seulement, elle n'a pas envie de partir sur cette mauvaise note et cherche la bonne formule. L'inspiration n'est pas au rendez-vous :

– Bon ben alors, à samedi donc…

– À samedi ! lui répond Mario, en remarquant son changement de ton. Et merci pour ton aide, tu t'es vite intégrée.

Rassérénée, Céleste sort à son tour. Pourvu que ce soit la même chanson lundi dans son nouvel établissement.

*
**

Quand elle était tout juste âgée de huit mois, Kim a quitté la pouponnière de Bouaké dans les bras de ses parents adoptifs, des Français installés depuis quelques années en Côte d'Ivoire. À onze ans, Kim a laissé cette fois derrière elle son pays natal pour venir vivre en France avec ses parents. Alors franchement, quitter le collège pour le lycée, à l'échelle de la vie de Kim, c'est l'équivalent d'un trajet en tramway, et encore, sur quelques stations à peine.

Et pourtant, ce lundi matin, devant le panneau de la seconde 7 qui affiche la liste de ses nouveaux camarades, la pétillante adolescente n'en mène pas large.

Son nom se perd au milieu d'inconnus. Aucun ami du collège, aucune copine de son club de natation synchronisée, pas même une vague connaissance n'est dans sa classe. Ça, elle s'y attendait et s'y était préparée : il y a plus de vingt classes de seconde au lycée Masséna, elle avait peu de chances de retrouver des potes. Elle va s'en faire de nouveaux.

Le gros problème de Kim ce lundi matin s'appelle Alcatraz et la note annonce qu'il sera leur professeur principal. La légende de cet enseignant de français, de son vrai nom Alain Catras, dépasse celle du lycée. Tout Nice le connaît. Bon, tout Nice de moins de dix-huit ans, accepte de modérer Kim à Zahia, sa meilleure amie depuis la sixième, qui, elle, est en seconde 8. (Dire qu'à un chiffre près, elles étaient ensemble !)

Ce prof a été rebaptisé ainsi par les élèves parce qu'il est aussi joyeux qu'une porte de prison. Il est également connu pour sa notation très sévère : Kim a décroché le ticket gagnant !

Elle insiste :

– Il paraît qu'il est aussi ennuyeux que cruel !

Mais Zahia ne semble pas partager son indignation : le visage de son amie est parfaitement impassible. D'où vient cette soudaine indifférence ?

De juste derrière…

– Eh bien vous aurez le plaisir de découvrir s'il faut ou non se fier aux rumeurs, lance une voix dans le dos de Kim.

La jeune fille se retourne. Devant elle se dresse un monsieur d'une cinquantaine d'années, légèrement dégarni, légèrement bedonnant, au regard très franchement glaçant. Alcatraz, devine Kim, statufiée. L'homme lève les yeux, comme s'il n'avait que trop vu cette élève, et lance au groupe de jeunes agglutinés devant lui :

– Deuxième étage, couloir de gauche, troisième porte, et gardez pour vous vos gloussements et autres babillages. Bienvenue au lycée Masséna, je suis monsieur Catras, votre professeur principal…

Il marque un temps d'arrêt.

– Enfin, si votre nom figure bien sur la liste des secondes 7. Sinon, ne me faites pas perdre mon temps.

Kim, qui a repris vie, cherche Zahia. Son amie lui adresse un petit signe compatissant depuis le groupe voisin qu'elle vient de rejoindre. Au milieu d'eux, une petite dame toute-souriante-toute-gentille-tout-humaine : le genre de professeur qui ne semble pas mordre.

Kim a l'habitude des gaffes : elle est très spontanée, et ça lui joue souvent des tours. Mais là, elle vient de faire sa plus belle sortie à l'occasion de son entrée au lycée, et elle s'est mis à dos le méchant de l'histoire… Ça promet ! Les épaules basses, elle suit le groupe d'élèves, apparemment pas traumatisés par la présentation d'Alcatraz : souvenirs de vacances, spéculations sur l'emploi du temps, blagues sur les nouvelles coupes de cheveux ou de barbe, apparemment, certains se connaissent déjà.

Devant la troisième porte du couloir de gauche du deuxième étage, Kim se fige de nouveau :

– Est-il encore temps de se sauver ?

Au secours ! Ses pensées s'expriment à voix haute maintenant ! D'une voix masculine, en plus ? Kim se retourne : derrière elle se tient un gars légèrement plus petit qu'elle, aux cheveux noirs et aux yeux en amande ourlés de longs cils. Une petite décharge électrique dans son cerveau fait oublier à Kim une seconde Alcatraz et ce cauchemar.

– Tu… tu hésites ?

Quelle sortie ridicule ! se maudit Kim. Son interlocuteur ne semble pas s'en inquiéter : il a visiblement d'autres soucis. Son regard – oh quel regard ! – est fixé sur Alcatraz.

– Je me suis grillé auprès de ce type avant même que ça commence !

– Toi aussi ? ne peut s'empêcher de se réjouir Kim.

Avoir un point commun, aussi risqué soit-il, avec ce gars si craquant ne peut être qu'un bon départ.

– Alors nous sommes trois, annonce une voix féminine cette fois.

Au prix d'un effort surhumain, Kim parvient à détacher son regard de celui de son compagnon d'infortune : une jolie blonde aux cheveux bouclés se tient derrière eux, pas non plus pressée d'entrer, visiblement.

– Vous comptez prendre racine ?

La voix rauque d'Alcatraz vient rompre la magie du moment. Les trois retardataires entrent dans la classe. Ils se concertent d'un simple regard : le dernier rang est déjà pris, mais il reste trois places juste devant, côté fenêtre en plus.

– Moi c'est Céleste, murmure la fille en s'asseyant en bout de rangée.

– Moi c'est Anis, lui répond tout bas son voisin (qu'il est beau !) en prenant la place du milieu.

– Moi c'est Kim ! s'enthousiasme trop fort Kim en s'installant à côté de lui.

– Nous sommes heureux de l'apprendre ! la reprend sèchement Alcatraz. Si ça ne vous gêne pas, mademoiselle (il appuie sur ce dernier mot), nous allons parler de ce qui vous a tous amenés ici : la seconde. Et on ouvrira le salon de thé à la pause de dix heures.

Pas de souci, Kim attendra ! La désormais lycéenne se concentre, essaie tout au moins, sur les explications de l'enseignant. De temps en temps, elle jette un regard de côté. Ils sont bien là, tous les deux. Ils lui rendent ses sourires.

Ses nouveaux potes, elle n'en doute pas.

Son futur petit ami ?

Ça, Kim rosit de timidité rien que d'y songer…

*
**

Deux semaines seulement après sa rentrée en seconde, Léno se sent dans les couloirs du lycée Masséna comme un poisson dans l'eau. Normal :

1/ Voilà trois ans que sa sœur, qui a redoublé sa seconde et qui est aujourd'hui en terminale, partage avec elle tous les secrets de ce bahut.

2/ Léno est à l'aise partout et en toute circonstance. (Du moins parvient-elle à le faire croire. Mais cela reste entre elle et nous.)

Cette rentrée en seconde est en tout cas une diversion bienvenue. Dans la famille Cloarec, l'ambiance n'est pas au top en ce moment. Les parents ne se parlent plus, ou à peine, depuis plusieurs semaines.

Léno et Bleuwen, sa grande sœur, y sont habituées : leurs parents se disputent à chaque changement de saison. Et ces dernières années, dérèglement climatique oblige, ça devient n'importe quoi : la tornade ou le froid polaire s'abattent sur le foyer sans prévenir. Reste juste à rentrer les épaules et regarder ailleurs en attendant des jours meilleurs. Les deux filles ont renoncé à connaître les motifs des querelles parentales : leur père est muet comme une carpe, leur mère manque cruellement d'objectivité et de modération dans ses récits. Plus encore, elle n'imagine pas une seconde que ses filles ne puissent pas prendre son parti à 100 % : si elle ne les sent pas complètement convaincues, elle reprend depuis le début la litanie des reproches conjugaux.

Cette fois cependant, leur mère a changé de stratégie : plus de jérémiades, plus de reproches. Quand elle aperçoit son mari ou parle de lui, elle soupire. Et c'est encore pire.

Léno a préféré fuir la zone de conflit. Cette année encore, elle a passé la fin de l'été chez ses grands-parents maternels, dans un village de l'arrière-pays provençal. Sur le papier, ça n'est pas très excitant, alors qu'il se passe tant de choses à Nice pendant l'été ! Pourtant, la jeune fille adore ses séjours dans le calme de la campagne. Mamino lui a une nouvelle fois proposé mille activités : elles ont brodé des T-shirts et des tote bags, elles ont réussi à trouver la parfaite recette du cheesecake (Léno en a fait une véritable orgie) et elles ont rangé en bocaux les fleurs de millepertuis que mamino avait cueillies au bord des champs au début de l'été puis mises à sécher. Léno est rentrée avec une bonne partie de ces réserves parce que le millepertuis en tisane, c'est bon pour le moral.

Papito, lui, a appris à sa petite-fille à manœuvrer la voiture sur le parking du supermarché, à se garer en épi, en avant, en arrière, et lui a laissé le volant pour aller à la boulangerie. (C'est une ligne droite de moins d'un kilomètre mais mamino n'est quand même pas au courant, alors chut !) Comme ses grands-parents ont une piscine, Léno a pu enchaîner certes des mini-longueurs mais pendant de longues heures. (Après s'être gavée, il fallait s'épuiser.)

Enfin et surtout, papito et mamino s'aiment et se le montrent, au quotidien, dans de petites attentions. Il lui porte son café au lit chaque matin, elle lui replace sa mèche de devant, grise depuis longtemps mais toujours rebelle. Elle rit de ses blagues « à deux balles », il lui souffle les réponses à « Quatre images un mot » tout en lui laissant l'impression que c'est elle qui a trouvé la solution. Quand Léno est rentrée à Nice, elle croyait de nouveau à l'amour qui dure toujours. Avec un peu de chance, il y aura juste un saut de génération, et Bleuwen et elle hériteront de cette capacité d'être heureuses dans leur couple. Malheureusement, elle a retrouvé une ambiance plus glaciale qu'à son départ. Seule variation : sa mère ne soupire même plus. C'est déjà ça de gagné.

Ce matin encore, à peine franchie la porte du lycée, Léno a enfilé sa panoplie de fille sans souci : pas question de s'épancher sur sa vie familiale devant ses amis. Le costume ne la serre même pas : Léno oublie ses parents et leurs disputes quand elle est hors de chez elle, pour profiter de l'instant présent. Là, par exemple, l'instant présent, c'est ce cours d'anglais qui commence dans deux minutes et où, grâce au mystère insondable des emplois du temps, sa classe de seconde 3 est mélangée en demi-groupe avec celle de seconde 7. Léno y retrouve Anis, son pote de toujours. (Enfin, son pote depuis le collège, ne pinaillons pas sur les années.) Il est accompagné de Kim, une chouette fille qu'il a rencontrée dès le jour de la rentrée. Anis lui a confié qu'ils avaient en commun d'être dans le viseur d'Alcatraz. (Eux deux et Céleste, une jolie blonde qui impressionne Léno, et qui est dans l'autre demi-groupe d'anglais.)

– Alcatraz a tous ses élèves dans le viseur, a argumenté Léno le jour de la rentrée, quand son ami lui a fait part de ce « grand malheur qui s'abattait sur ses épaules », mais il a refusé d'aller plus loin dans le débat.

Sans doute parce qu'il sait ce qu'est un grand malheur, même s'il n'en parle jamais, même à Léno. Alors elle n'a pas insisté.

Manque de chance, Nina, élève de seconde 7, est aussi en anglais avec eux. Cette fille était dans le même collège que Léno et Anis, et les deux amis ont assisté à sa métamorphose totale. La sympathique et naturelle élève de sixième a disparu sous les épaisseurs de fond de teint et de mesquinerie. Tout cela parce que son compte Instagram a enflé au point de passer les dix mille followers. Son tour de tête a grossi au même rythme : « Nina a pris le melon, aime à expliquer Léno, et pas le bio qu'on trouve sur les marchés du coin, non, celui gonflé aux OGN et aux artifices, rempli de flotte. »

Pour être tout à fait honnête, ce qui énerve réellement Léno, c'est qu'Anis craque sur le physique de Nina. Franchement, elle croyait avoir donné à son meilleur ami toutes les armes pour être non seulement le genre de petit copain dont toutes les filles rêvent, mais qui en plus ne tombe amoureux que de celles qui le méritent, et il se pâme régulièrement devant le minois aguicheur et les attitudes de cette minette.

– Je ne suis pas dingue de cette fille, se défend encore ce matin Anis en écoutant Nina raconter au professeur que, si son british accent laisse à désirer, c'est sans doute parce qu'elle est allée à New York et pas à Londres cet été (et ce tout en se tortillant au tableau).

– Alors rentre ta langue, le mouche Léno.

Kim pouffe. Anis soupire. Kim culpabilise.

Nina a repris sa place. Assise et silencieuse, elle fixe désormais ses genoux. Du moins c'est ce que pense son professeur.

– J'en reviens pas, lâche Léno. Elle vient de publier à l'instant sur son compte Instagram une photo de la statue de la Liberté avec en légende : American accent et plein de cœurs, #NewYork #lycéemasséna #nicegirl.

– Nice girl, c'est rigolo comme hashtag ! commente Kim.

Effectivement, ce bon jeu de mots a été à l'origine du succès du compte Instagram de Nina. Ensuite, la collégienne a su distiller avec équilibre des clichés d'elle et des ragots sur les autres : recette du succès assuré.

Anis se venge. Il singe son amie :

– J'en reviens pas. Tu suis son compte même en cours. T'es trop accro à cette fille !

Léno lui adresse une moue à la fois vaincue et amusée. Anis peut continuer à se pâmer devant Nina, cette dernière ne sortira jamais avec lui : elle déteste bien trop Léno pour ça. À moins que… horreur ! L'imagination de Léno s'emballe : et si Nina sortait avec Anis juste pour la faire enrager, lui montrer qu'elle peut lui piquer son meilleur copain ? Elle prend une grande inspiration. Anis est trop malin pour tomber dans le piège. Et… et pas assez beau gosse pour la réputation de Miss Gloss.

Non, Léno ne se reproche pas ses commentaires silencieux sur le physique de son ami. Elle n'a pas dit qu'il était moche, elle a dit qu'il n'était pas beau gosse, ce n'est pas la même chose ! Anis n'a pas un profil parfait ou des tablettes de chocolat en guise d'abdos, mais il a un charme aussi discret qu'efficace : pour faire craquer les filles, il lui suffit de battre des cils. Léno est très lucide : elle-même aurait pu s'amouracher d'Anis s'il n'avait pas été son super poteau. Lui reste plutôt mystérieux sur sa vie sentimentale, mais Léno sait qu'il plaît. Les quelques fois où Anis et elle sont allés en soirée ensemble à la fin de leur troisième, les filles papillonnaient autour de lui. Pour l'instant, Anis n'a pas vécu de vraie histoire sérieuse. Il est sorti un mois et demi avec Maëlys, mais elle l'a quitté du jour au lendemain sans explications. Du moins, c'est ce qu'Anis a affirmé à Léno. Aurait-il gardé pour lui la raison de cette rupture ? Impossible ! se rassure la jeune fille : elle est sa meilleure confidente et rien ni personne ne changera ça !

L'amitié, il n'y a que ça de vrai. En tout cas dans le monde de Léno.

*
**

Ce samedi encore, Poupouille ne quitte pas Céleste d'une semelle.

– Ce chien a craqué pour toi, la charrie Victor.

Elle lui adresse pour toute réponse un sourire grimaçant. Quand elle raconté à l'équipe du refuge de Carros que l'affreux monsieur irresponsable et sans cœur qui était venu abandonner le chien de sa pauvre mère décédée était en fait son prof de français, Céleste s'attendait à crouler sous les manifestations de soutien et de compassion.

Que dalle ! Ils se sont tous moqués d'elle.

– Ça t'apprendra à réfléchir avant de parler ! a même commenté Mario.

Seul Poupouille s'est montré compatissant : il faut dire que lui sait ce que c'est que d'être dans la même pièce que ce glaçon en costume. Même si, pour lui, l'expérience a été de courte durée.

En quelques semaines, le chien est devenu la nouvelle mascotte du refuge. Âgé, le poil terne et épars, l'haleine chargée, Poupouille sera difficilement adopté. L'équipe a donc décidé de lui offrir la vie la plus agréable possible et le laisse circuler quand le personnel est présent. La semaine, Poupouille profite à peine de cette liberté de mouvement. Il se prélasse le matin au soleil devant la porte d'entrée. L'après-midi, quand l'ombre du bâtiment lui chatouille le museau, le chien demande à rentrer et vient dormir sous le bureau. Son programme change complètement le samedi. Avant même qu'elle n'arrive, il commence à guetter Céleste près du portail d'entrée. Une fois qu'elle est arrivée, il lui colle aux baskets. Sauf quand elle s'occupe des chats, l'amour a ses limites !

Céleste a pris ses marques au refuge. Trésor de patience, Fanchon l'a assistée dans ses nouvelles tâches, lui rappelant toutes les étapes à suivre. Elle était heureusement là pour refermer la porte de la petite chatterie quand Céleste a oublié.

Victor, lui, l'impressionne plus qu'elle ne le voudrait. Le jeune homme est un vrai mystère. Céleste a juste appris qu'il a dix-huit ans. Pour le reste, il refuse de se livrer. *Chacun ses secrets*, se dit la lycéenne en l'observant ce matin de biais tandis qu'il lave le box voisin. Mais elle ne parvient pas à se convaincre : moins il en dit, et plus elle veut en savoir !

Céleste n'est pas une fille curieuse. La vie privée des autres ne la concerne pas, elle a déjà bien à faire avec la sienne. Mais cette règle de vie souffre une grosse exception depuis qu'elle a croisé Victor. Elle est obligée de l'admettre, il y a une seule explication à ce phénomène : Victor lui plaît. Il ne manquait plus que ça !

La lycéenne est tirée de ses pensées par le bip de son téléphone : son oncle passera la chercher ce soir, pas besoin qu'elle prenne les bus qui la ramènent en ville. Céleste sourit : Nicolas lui répète sans cesse qu'elle est désormais au-to-no-me, mais il ne la lâche pas vraiment. Quoi qu'il en soit, il a été vraiment sympa de mettre à la disposition de sa nièce le studio qu'il a aménagé dans le garage indépendant de sa maison niçoise. Il avait entrepris les travaux il y a cinq ans déjà pour mettre l'endroit en location via airbnb. Le studio est situé sur la droite du jardin, et on y accède par un portail à part. Depuis que Céleste y a déposé ses valises fin août, une nouvelle vie a commencé pour elle. Loin de sa Normandie natale et de ses parents, elle découvre le plaisir de se prendre complètement en charge, elle apprécie de faire elle-même ses courses et de choisir ses menus. (Même si elle ne boude pas les petits plats que sa tante Fanny dépose régulièrement en douce dans son réfrigérateur.) Le studio est équipé d'un lave-linge, et les premières lessives n'ont pas été teintées de succès. On parle plutôt de *déteinte* dans ce cas précis. Depuis que trois T-shirts ont viré au rose, Céleste a retenu la leçon : elle ne lavera plus son sweat rouge avec ses vêtements clairs. Pour le reste, la lycéenne aime cette liberté qui lui a été offerte. Seules contraintes, téléphoner à ses parents tous les soirs, et dîner chez son oncle vendredi, samedi et dimanche soir. Céleste y a d'abord vu une façon pour ses parents de s'assurer qu'elle ne sortait pas le week-end. Maintenant, elle apprécie ces moments partagés avec Rose, Lune et Marin, des cousins qu'elle connaît mal : elle ne les a vus que de rares fois ces dernières années. Officiellement, parce que Nice est bien loin de Rouen. Officieusement, parce que la mère de Céleste semblait elle aussi bien loin de son frère. (Céleste et sa petite sœur Lison ont tenté d'en savoir plus, en vain.) Ses cousins sont beaucoup plus jeunes qu'elle : Rose vient juste d'entrer en CM2, Lune est en CE2 et Marin en grande section de maternelle. Mais ils sont vraiment mignons !

– Hé Cendrillon, tu dors debout sur ton balai !

Victor sort Céleste de ses pensées. Il a déjà tourné le dos et se dirige vers l'accueil. Elle presse le pas derrière lui.

Non, la nouvelle vie de Céleste n'a plus rien à voir avec ses années de collège.

Oui, elle a bien l'intention d'en profiter.

*
**

– Dis donc Anis, je te vois toujours traîner avec des belles filles au lycée. Tu t'ennuies pas, mon gars !

– Augustin enfin !

– Papa, je dis rien de mal, bien au contraire ! Je me réjouis juste que mon frère s'adapte bien dans son nouvel environnement.

« Mon frère » : Augustin a mis l'accent sur la formule magique. Le père d'Augustin sourit, les joues de la mère d'Anis s'empourprent. Il est vrai que le cliché « famille recomposée » est parfait : tous autour de la table du restaurant, ce samedi soir, savourent le tagine et l'instant. Ils sortent du cinéma où ils ont vu un film qui a plu à tout le monde : que demander de plus ?

Anis s'étonne encore de la situation. Sa mère et lui ont emménagé chez Julien en juin dernier. Cela faisait presque un an et demi qu'elle était en couple avec cet homme qui lui a rendu le sourire, mais elle ne voulait pas bouleverser son fils en le changeant de quartier et de collège.

C'est en tout cas la version officielle.

Demandez à Anis la version officieuse, il vous confiera peut-être son ressenti : sa mère avait peur que cet emménagement ne mette fin à son conte de fées. Ces fainéantes avaient tant brillé par leur longue absence, il ne fallait pas qu'elles disparaissent de nouveau. Mais le prince Julien est resté. Il a ouvert les portes de son château à sa belle et son fils : villa sur les hauteurs de Nice, avec vue sur la mer et piscine. Le déménagement s'est fait une fois le brevet des collèges en poche.

Le changement de vie a été radical pour Anis, en tête à tête avec sa mère depuis des années. Sa nouvelle chambre est située à l'étage de la maison, tout au bout du couloir. Il n'a pas la vue sur la mer et la piscine, mais il s'en moque. La porte d'en face est celle de Valentine, la petite sœur d'Augustin, avec laquelle il s'entend très bien. Léno affirme que c'est grâce à elle : côté amitié garçon-fille, il a été à très bonne école. Anis pense surtout que c'est parce que Valentine incarne la petite sœur dont il a rêvé toute son enfance : drôle et discrète, sensible et lucide. Avec Augustin, c'est moins naturel. Anis a du mal à le cerner.

Il se décide néanmoins à lui répondre :

– Léno est mon amie de toujours.

Son ton dispense des sous-titres : ne songe même pas à t'approcher d'elle. Valentine lui adresse un clin d'œil. Augustin ne capitule pas pour autant :

– Je croyais qu'elle venait de débarquer à Nice.

OK, ils ne parlent pas de la même fille ! Anis circule plus dans le lycée avec Kim et Céleste qu'avec Léno, qui n'est pas dans sa classe, et Augustin parlait d'elles deux. Enfin de Céleste, plus précisément : Kim est à Nice depuis le collège. Il rectifie :

– Tu parles de Céleste ?

– Si c'est la jolie blonde, oui. Ta copine noire est très mignonne aussi, mais ce n'est pas mon genre.

– Augustin ! s'indigne vraiment cette fois son père.

– Ben quoi ? J'ai juste dit que je ne la trouvais pas à mon goût, j'ai pas dit que je n'aimais pas les Blacks. Tu me prêtes des idées que je n'ai pas. Si j'étais raciste, j'aurais eu l'occasion de le montrer, non ?

Augustin achève sa phrase par un regard rapide mais bien appuyé à Anis et sa mère. Là non plus, pas besoin de sous-titres : si j'étais raciste, je ne t'aurais pas laissé amener chez nous deux Arabes.

– On peut peut-être parler d'autre chose que des filles qui plaisent à mon frangin ? intervient Valentine.

Anis la bénit en silence ! Décidément, cette fille est son alliée. Elle le comprend sans qu'il ait besoin de parler.

*
**

Petit rituel de tout lycéen qui se respecte, Céleste et Anis relisent la liste des professeurs absents. (Une heure de libre, c'est toujours bon à prendre !) Tandis que les deux amis espèrent y voir apparaître par magie le vrai nom d'Alcatraz, le regard de Kim, lui, est attiré par une grande feuille épinglée sur le panneau d'informations. L'affiche annonce que le club Marée verte, le « club de ceux qui se soucient de notre planète », se réunira mardi prochain au CDI.

– Ça t'intéresse ? la questionne Céleste.

– Oui, beaucoup ! s'enthousiasme Kim. Tu ne te préoccupes pas de l'écologie, toi ?

Céleste n'a pas besoin de réfléchir pour répondre :

– Si bien sûr, j'éteins la lumière en sortant, je coupe l'eau pendant que je me brosse les dents et je trie mes ordures.

– T'as pas envie de t'engager plus ?

– Non… pas vraiment, reconnaît sa copine qui cherche une échappatoire et se tourne vers Anis :

– Et toi Anis, tu fais quoi pour l'environnement ?

– Pas grand-chose, je le reconnais. J'ai renoncé à éliminer Alcatraz.

Les deux filles éclatent de rire. Céleste jette un œil sur l'écran de son téléphone :

– On va être en retard.

Le trio attaque les marches deux à deux de l'escalier central qui les mène au sixième étage et à la salle de maths, sans se soucier du CO_2 que leurs poumons rejettent. Ils arrivent au moment précis où la professeure allait fermer la porte. Moins une !

Tout en fixant les chiffres et les lettres qui dansent sur le tableau numérique, Kim songe de nouveau à cette affiche : souhaite-t-elle ou non entrer dans le club et donner une autre direction à son engagement ?

Quand Kim était petite, sa mère lui a raconté la légende amérindienne du colibri :

Un jour il y eut un immense incendie de forêt. Tous les animaux terrifiés, atterrés, observaient impuissants le désastre. Seul le petit colibri s'activait, allant chercher quelques gouttes avec son bec pour les jeter sur le feu. Après un moment, le tatou, agacé par cette agitation dérisoire, lui dit : « Colibri, ce n'est pas avec ces gouttes d'eau que tu vas éteindre le feu. » Et le colibri lui répondit : « Je sais, mais je fais ma part. »

Depuis, Kim est un colibri. Dès sa plus jeune enfance, la petite Ivoirienne a appris la valeur de l'eau. À Abidjan, elle a connu la lagune polluée par tout ce qu'humains et usines y déposaient comme déchets. L'air aussi parfois était pénible à respirer. Elle a appris à manger les fruits selon les saisons. C'est plus facile, elle le reconnaît, quand les fruits en question sont des mangues regorgeant de sucre et de soleil, ou des avocats gros comme des noix de coco. Elle a appris à respecter l'océan et ses courants mortels. Quand elle est arrivée à Nice, Kim est tout de suite tombée amoureuse de la mer Méditerranée, son délicat ressac, ses mini-marées et ses reflets saphir. Puis elle a vu, ici aussi, les sacs plastique sur les plages, les déchets au fond de l'eau, les bouteilles de verre balancées à la mer sans message de détresse.

Juste parce que c'est plus simple.

Il se trouve en plus que Kim n'a jamais su tenir en place. À la plage, pas question de se poser tranquillement sur une serviette, même avec le meilleur des livres. Sur la Côte d'Azur, elle a découvert le plaisir des longues baignades dans une eau claire et calme. Masque collé au visage, elle a pris l'habitude de pêcher le plastique. Elle ramasse les bouteilles, épaves de plastique bercées par le courant, et décroche des rochers les sacs déchirés, étendards laissés par l'homme dans sa guerre inconsciente et absurde contre la nature.

Quand les températures extérieures ne permettent plus les bains, Kim poursuit sa résistance contre la pollution lors des balades sur bord de mer, avec comme seules armes un sac poubelle et sa détermination. Écouteurs bien enfoncés dans les oreilles, elle marche plusieurs kilomètres, danse parfois d'un papier à l'autre, lève les yeux vers ce ciel qui couvre aussi sa Côte d'Ivoire, et se remplit les poumons d'iode tout en savourant l'instant présent.

Si Kim avait la moindre curiosité pour les magazines de psychologie et de bien-être qui fleurissent actuellement dans les kiosques, elle mettrait une formule savante sur ce qu'elle vit : la pleine conscience. Mais Kim n'en a même pas besoin, elle apprécie juste le moment.

Étrangement, cette fille très sociable n'a jamais partagé son activité avec aucun de ses amis. Peut-être avait-elle peur qu'ils la charrient. Peut-être aussi apprécie-t-elle ces moments de solitude. S'inscrire au club Marée verte serait franchir une nouvelle étape. Kim se sent à la fois prête et réticente. Allez, elle a jusqu'à mardi prochain pour se décider. Et d'ici là, elle peut compter sur les maths et leurs équations à… combien ? deux… trois inconnues pour la distraire.

*
**

Le flair de Léno ne l'a pas trompée : sa sœur a un nouvel amoureux !

Très satisfaite, elle remonte son drap sur son nez.

Ses premiers soupçons remontent à deux ou trois semaines. Non seulement Bleuwen a soudainement eu besoin de vingt minutes de plus pour se maquiller et se coiffer le matin (« pour un résultat à peine plus satisfaisant », a bien tenu à lui faire savoir Léno, excédée d'attendre son tour de salle de bains), mais il lui est arrivé plusieurs fois de se précipiter vers le miroir du couloir à l'instant précis où leur père battait le rappel pour le départ.

Et le paternel déteste partir en retard !

Au nom du lien unique et fort qui unit les deux sœurs, Léno a questionné son aînée :

– C'est qui ? Il est dans ta classe ? Ça a commencé quand ? Il sait déjà que tu es super maniaque avec tes affaires et que tu es prête à tuer pour un Kinder Bueno ?

Mais Bleuwen a nié en bloc :

– Je suis avec personne, tu te fais des films, occupe-toi de ta propre vie sentimentale, l'amour peut fleurir même dans le désert, tu sais.

Des paroles de frangines, quoi.

Alors Léno est passée à l'étape 2 : elle a espionné Bleuwen au lycée. Pas toute la journée non plus, Léno n'était pas prête à sacrifier sa vie sociale pour percer le mystère. Elle a suivi sa sœur le matin à l'arrivée, est allée se cacher derrière une voiture pour pouvoir la guetter au café avec ses potes pendant la pause du midi, et s'est arrangée pour la voir sans être vue à la sortie de dix-sept heures. En vain : Bleuwen était désespérément non accompagnée.

Au point que la cadette a douté. Si seulement elle avait pu consulter en douce le téléphone portable et l'ordinateur de Bleuwen ! Si Léno a découvert depuis longtemps les codes secrets de leurs parents (les dates anniversaires de ses filles pour leur mère, celle de son premier marathon pour son père), les appareils de sa sœur sont mieux protégés que la mallette présidentielle qui permet de déclencher la frappe nucléaire. Mais Léno a écouté son flair et a persévéré : le nouveau mec de Bleuwen se promène peut-être avec la cape d'invisibilité de Harry Potter, mais il existe.

Cette nuit enfin, elle en a la preuve ! D'accord, la méthode utilisée pour obtenir cette confirmation, digne d'un service d'espionnage américano-sino-russe (qui heureusement n'existe pas), n'est pas très élégante. Mais elle s'est révélée efficace.

Tandis que, dans la salle de bains, Bleuwen se battait à l'aide d'un coton imbibé de lotion démaquillante contre son mascara appliqué avec trop de zèle le matin, Léno est entrée en douce dans sa chambre, a enclenché le mode « enregistrement vidéo » de la tablette familiale puis l'a cachée sous le lit de sa sœur.

Elle a ensuite attendu – longtemps ! – que sa sœur s'endorme puis elle s'est glissée dans la chambre pour récupérer la boîte noire et ses révélations. De retour dans son lit, Léno a commencé le visionnage : une heure et vingt-cinq minutes de gros plan du sommier vu d'en dessous, avec en fond sonore deux épisodes d'une série qu'elle n'a pas reconnue. (Et dire que Bleuwen affirme qu'elle passe ses soirées à travailler comme une damnée pour réussir son bac !) Et, enfin, alors que ses paupières s'alourdissaient, Léno a été tirée du sommeil qui l'enveloppait doucement par un : « Allô ! Ça va mon chat ? »

« Mon chat !!!! » Bleuwen a toujours détesté les matous !

Léno a dû se repasser l'enregistrement plusieurs fois pour bien comprendre ce que disait Bleuwen (et a fini par comprendre pourquoi les parents lui demandaient toujours de mieux articuler quand elle parlait !), mais cette fois elle en a la certitude :

1/ Bleuwen a un nouveau petit copain.

2/ Leur histoire semble toute récente (comme quoi, les efforts de maquillage ont mis du temps à produire leurs effets…)

La détective des sentiments reste quand même sur quelques frustrations :

1/ Elle ne connaît pas l'identité de ce garçon, pas même son prénom.

2/ Elle ne sait pas quand et où Bleuwen a prévu de le revoir.

Léno se tourne sur le côté, son pied sort des draps et vient se déposer au dessus de la couette. Alors comme ça, Bleuwen est de nouveau en couple… et elle a l'air amoureuse. Une courte décharge de jalousie pique le cœur de Léno. Elle aussi aimerait ronronner des « mon chat » dans le noir avant de s'endormir… L'image lui arrache un sourire. L'amour viendra pour elle aussi, il n'y a pas de raison. Mais ce serait quand même pas mal que Cupidon se bouge un peu les fesses.

*
**

Ce soir, Céleste dépanne son oncle et sa tante en récupérant ses cousins à la sortie de l'école. À peine sortie, Lune se précipite vers elle et lui demande :

– Dis, tu vas inviter ton amoureux à ta soirée ?

Rose, beaucoup plus posée, reprend sa cadette :

– Ça se demande pas, Lune ! Céleste nous dira si elle a envie.

À son regard, cette dernière comprend que Rose a très envie qu'elle en ait envie. La cousine botte en touche :

– Allez vite, il faut récupérer Marin.

Quand son oncle lui a proposé d'inviter quelques amis pour marquer son premier mois passé à Nice, Céleste lui a sauté au cou. Peut-être aurait-elle dû retenir un peu son enthousiasme, car il s'est empressé de préciser les règles : deux ou trois amis pas plus, pas d'alcool, pas de tabac, pas de musique trop forte et tout le monde doit être parti à vingt-trois heures.

Toutes ces conditions convenaient parfaitement à Céleste, à une près : vingt-trois heures, c'était tôt. Mais Nicolas a été intraitable.

Sans la moindre hésitation, Céleste a décidé d'inviter Kim et Anis. À trois, ils forment vraiment une chouette équipe. Quand Céleste se promène avec eux dans les couloirs, quand ils s'installent en cours, une fois l'un, une fois l'autre au milieu, quand ils se posent sur l'herbe après le déjeuner, elle se sent de nouveau appartenir à une bande, et ça lui procure un rassurant sentiment de plénitude qu'elle n'avait pas ressenti depuis longtemps.

Nicolas a dit deux ou trois, et Céleste a beaucoup tergiversé pour choisir le ou la troisième invité(e) ! Première option : Victor. S'il venait, Anis ne serait pas le seul garçon. (Ce qui ne semble pas le déranger dans leur trio, Céleste reconnaît que son argument est tordu.) Elle aimerait surtout le connaître un peu mieux. Seulement, elle a peur d'essuyer un refus. Le garçon ne montre jamais le moindre signe d'intérêt quand elle parle du lycée le samedi au refuge. Il ne semble jamais écouter ce qu'elle raconte en général, en fait. Deuxième option : Léno, la meilleure amie d'Anis, qui les rejoint à la pause déjeuner, quand ce ne sont pas eux qui vont retrouver les élèves de seconde 3. C'est une fille drôle qui a toujours le sourire, et Céleste aime ça. Ce sera donc Léno ! Reste juste à lui annoncer par message… quand elle aura deux minutes à elle.

– Si tu veux, je pourrai te préparer un gâteau et des toasts et une limonade aux citrons pressés ! propose Lune, décidément très enthousiaste.

Léno remercie chaleureusement sa cousine : elle va passer en effet la journée du samedi au refuge, et un coup de main pour tout préparer est plus que bienvenu.

– Et puis le soir, je ferai le service, comme ça tu pourras rester tranquille sur le canapé à discuter avec tes amis, enchaîne Lune, encore plus motivée.

Céleste, pas dupe, remercie de nouveau sa dévouée cousine mais décline son offre :

– Ne t'inquiète pas, on va s'en sortir très bien sans toi, tu viendras en soirée quand t'auras un peu grandi.

Il en faut plus pour décontenancer Lune :

– Pfff, n'importe quoi ! J'ai déjà fait au moins trois soirées pyjama.

– Et tu ne m'as jamais invitée, à ce que je sache, plaisante Céleste.

À ses dépens :

– Tu viendras à la prochaine ! Je vais le dire à mes copines et elles voudront toutes venir !

Rose n'ajoute rien : elle se marre.

*
**

Le CDI baigne dans le soleil. Situé dans l'aile récente de l'établissement, il profite de tout l'ensoleillement qui manque aux bâtiments centenaires. Mais surtout ce qui étonne Kim alors que la porte se referme paresseusement derrière elle, c'est le bruit qui envahit tout l'espace. Près de la baie vitrée, quelques élèves, lovés dans de confortables poufs, papotent et rient, les yeux au plafond. Entre deux rayonnages, d'autres n'ont visiblement pas apprécié la première lecture imposée par leur professeur de français cette année : ils rhabillent Balzac pour l'hiver, sa *peau de chagrin* peut continuer à rétrécir, il n'aura pas froid. Près des ordinateurs, d'autres encore trépignent devant une connexion trop lente à leur goût. Le plus surprenant, c'est le fond musical qui accompagne cette cacophonie. Kim tend l'oreille mais ne reconnaît pas le morceau.

– Ce sont des chants traditionnels marocains, lui annonce une jolie trentenaire élancée, au visage ourlé d'une longue tresse brune. J'aime l'ambiance que ça donne à ce lieu.

Elle pose sur Kim un regard si bleu que la lycéenne en est déstabilisée.

– C'est la première fois que tu viens au CDI.

Point, pas point d'interrogation : ce n'est pas une question, et cela embarrasse encore plus Kim. Mais sa gêne est de courte durée car son interlocutrice enchaîne aussitôt.

– Sois la bienvenue ! Je te félicite, il faut souvent plusieurs mois aux élèves de seconde pour pousser la porte. Les premières et terminales se gardent bien de parler de l'endroit : ils veulent se garder les poufs au soleil, surtout l'hiver quand ils viennent digérer derrière la baie vitrée après la cantine.

Kim sourit. Une petite ampoule s'allume dans sa tête : elle avait bien remarqué un truc étrange au foyer du lycée, sans pouvoir mettre de mots dessus, et elle vient de comprendre.

– C'est pour ça qu'il n'y a presque que des secondes au foyer, même quand il pleut ? Les autres sont ici !

Sa remarque déclenche un grand sourire qui certifie que ce n'est pas la peine d'insister, on n'en dira pas plus.

– Je suis madame Valdher, la prof documentaliste. Et toi, tu es…

– Kim ! Kim Royer.

– Est-ce que je peux t'aider à quelque chose, Kim ?

– Oui, je viens pour la réunion du club Marée verte.

– Eh bien, tu es la première.

Une moue contrariée traverse la bouche de Kim. Rien n'échappe aux yeux océan :

– Ne t'inquiète pas, les autres vont arriver.

Pour prouver les super-pouvoirs de la maîtresse des lieux, la porte s'ouvre sur deux garçons et une fille.

– Jacques, Romain et Zeina, venez que je vous présente Kim ! les interpelle madame Valdher. Je crois que vous tenez là une chouette recrue.

Ils sont vingt-deux au final à assister à cette réunion de rentrée du club Marée verte. Sur un lycée qui compte plus de deux mille élèves, Kim trouve que cela fait très peu d'écologistes. Le trio qui l'a accueillie, qui est aussi le trio fondateur du club, se réjouit, au contraire, de ce score. À part eux, sept membres ont signé de nouveau pour cette année, et douze nouvelles recrues se sont engagées. Autre étonnement pour Kim, tout au long de la réunion, il est question beaucoup plus d'actes de sensibilisation que d'actions de préservation. N'y tenant plus, elle le signale :

– Est-ce qu'on ne pourrait pas aussi se faire un planning pour aller ramasser les détritus sur les plages, ou dans les sentiers forestiers ?

Son voisin la regarde comme si elle avait proposé d'aller balayer Mars. Une fille au bout de la rangée soupire bruyamment puis se dévoue pour lui expliquer :

– Ramasser les papiers, c'est gentil, mais tu vois, on doit vraiment passer à l'étape suivante. Il faut faire la révolution ! Il faut mettre les humains face à leur destruction massive ! Soyons tous des Greta Thunberg et le monde bougera !

– L'un n'empêche pas l'autre, nuance Jacques.

Et Kim le remercie silencieusement. Il en faut plus néanmoins pour calmer les ardeurs de la révolutionnaire :

– Nous sommes en guerre, comportons-nous en soldats !

Son exaltation semble gagner quelques-uns. Kim ne se démonte pas. D'une voix calme mais claire, elle annonce :

– Je ne suis pas une guerrière, je suis un colibri.

– Un coliquoi ? lui demande le général Nature.

– Un colibri ! s'enthousiasme Jacques. Kim fait sa part.

Un temps déboussolée par la tournure qu'a prise la réunion, Zeina intervient :

– Unissons nos forces et multiplions les actions. On peut tout à la fois organiser une campagne de sensibilisation et mettre en place des opérations de nettoyage.

Tout le monde valide. Romain se tourne vers la Greta Thunberg :

– Si ça vous convient, Julie, tu nous proposes la prochaine fois une première campagne d'information, et toi…

Jacques lui souffle le prénom.

– … Kim, tu nous proposes un planning de nettoyage.

Et voilà comment Kim, qui a hésité jusqu'à la dernière seconde à officialiser son engagement, se retrouve en charge de l'organisation des bonnes volontés et en opposition avec une des filles les plus investies du groupe.

Je ne sais pas me taire, se reproche-t-elle en ramassant son sac. À cet instant, elle sent une main sur son épaule et se retourne. C'est Julie :

– Je me suis emportée. Cette urgence écologique et l'indifférence des autres, ça me rend juste… folle. (Elle sourit.) Tu vois, je m'énerve de nouveau. Mais il faut à la fois secouer les mentalités et agir. Toutes les deux, on va bien se compléter.

– Je… je crois, bafouille Kim, émue et rassurée.

*
**

Léno n'en revient pas : Céleste vit réellement toute seule. Bien sûr, elle était au courant : Anis le lui avait déjà expliqué. Mais Léno n'y croyait pas vraiment. Elle imaginait... Elle ne sait pas ce qu'elle imaginait, mais en tout cas pas ce studio super bien aménagé dans un ancien garage, avec son entrée propre et même sa terrasse devant la baie vitrée qui a remplacé la porte de garage.

– C'est juste génial ! répète-t-elle une fois encore.

Céleste rougit légèrement. Kim emboîte le pas à Léno :

– C'est fou ! Tu as quinze ans et tu es complètement indépendante ! Pourquoi tu es venue vivre ici ?

– Pour la mer ! annonce joyeusement Céleste.

– Sérieusement ? demande, sérieusement, Kim.

Anis et Léno sourient. Céleste nuance :

– Non pas sérieusement. Enfin si, un peu, parce que Nice et la Méditerranée, c'est autre chose que ma Normandie, côté soleil. Mais attention, j'adore ma région !

– Alors pourquoi tu es là ? insiste Kim.

– Disons que... que j'avais besoin de prendre le large.

– Si c'est compliqué dans ta famille, bienvenue au club ! lâche Léno, avant de s'étonner de sa confidence : c'est la première fois qu'elle évoque ses soucis devant ses camarades.

Anis cache sa surprise. Le garçon ne découvre pas que sa meilleure amie a des problèmes chez elle, il l'avait compris depuis longtemps. Plus de quatre ans qu'ils se connaissent, trois au moins qu'ils ne se quittent presque plus, et jamais Léno ne l'a invité chez elle. Elle n'est jamais pressée de rentrer non plus après les cours, ne raconte jamais la moindre sortie shopping avec sa mère ou activité avec son père. Anis ne lui reproche rien, bien au contraire. Il a adopté exactement la même attitude : Léno sait seulement qu'il vivait seul avec sa mère jusqu'à juin dernier. Il a aussi noté qu'elle est particulièrement délicate avec lui au mois de mars, comme si elle avait compris que l'hiver ne se termine pas pour tout le monde au même moment.

Céleste, elle, regrette déjà son début de confidence. Elle clarifie la situation :

– Non, y a pas de soucis avec mes parents, ils sont cool !

– Ça se passait pas bien dans ton collège alors ? tente Kim, décidément bien curieuse ce soir.

Le collège. Céleste a envie de penser à tout sauf à sa troisième. À elle de clore le sujet au plus vite :

– J'ai eu… un gros chagrin d'amour l'année dernière. J'ai eu beaucoup de mal à m'en remettre, et mon oncle a proposé que je change d'air en venant vivre près de lui. Maintenant, j'aimerais qu'on passe à autre chose ! Vous avez faim ?

Waouh ! Céleste est venue vivre seule à Nice parce qu'un garçon lui a brisé le cœur ! Léno est encore plus admirative : cette fille a vécu des trucs tellement fous ! Alors que sa plus grande folie à elle, c'est un kilomètre au volant de la voiture de papito sans permis.

– Et vous, vous avez toujours vécu à Nice ? enchaîne Céleste tout en proposant les petits toasts tartinés par Lune.

– Oui, répondent d'une seule voix Léno et Anis.

– Moi, je suis née en Côte d'Ivoire, explique Kim. Je suis arrivée à Nice pour le collège.

– Waouh, ça a dû être un sacré changement pour toute ta famille ! commente Céleste.

– Pour moi surtout, mes parents sont français. J'ai été adoptée à ma naissance.

– Et tu…

Céleste cherche ses mots, elle ne veut pas se montrer maladroite. Anis lui pique son tour de question :

– Est-ce que la Côte d'Ivoire te manque ?

Les yeux de Kim s'éclairent :

– On y retourne tous les étés ! Mes parents ont gardé une maison là-bas. Je retrouve mes amis de primaire.

Léno sourit. Une foule de questions se bousculent dans sa tête : Est-ce que Kim connaît sa mère biologique ? Est-ce qu'elle aimerait la connaître ? C'était comment d'être noire, dans une famille de Blancs, en Côte d'Ivoire ? Mais elle les garde pour elle, elle n'a aucune envie de se montrer maladroite envers Kim. Décidément, Anis a su bien s'entourer pour cette première année sans elle depuis quatre ans !

– À mon tour de poser une question ! annonce Céleste. Léno, je n'avais jamais entendu ton prénom avant, ça vient d'où ?

Voilà une question peut-être personnelle, mais qui les sort de la zone délicate. Léno sourit.

– C'est un vieux prénom niçois, celui de ma grand-mère maternelle. Mon père est breton. C'est pour cela que ma grande sœur s'appelle Bleuwen. Ma mère a insisté pour que sa deuxième fille ait un prénom niçois.

Et ça fonctionne, la conversation dévie sur des sujets plus légers. Léno explique qu'elle déteste qu'on l'appelle Lino ou, pire encore, Léna.

– Surtout parce que ça ressemble trop à Nina !

Kim, qui est dans la même classe que Nina en anglais, approuve.

– Cette fille s'y croit tellement ! soupire-t-elle. Tout ça parce qu'elle est suivie sur Instagram. Franchement, j'ai déjà regardé son compte. Une fois sur deux, quand elle fait de l'humour, c'est en se moquant de quelqu'un ou de quelque chose. Je trouve ça nul.

– Elle est nulle, confirme Léno.

Anis finit prestement le délicieusement gros morceau de tarte salée qu'il a en bouche avant de commenter :

– C'est bien un truc de filles, ça. Vous reprochez à Nina d'être une garce et vous la pourrissez dans son dos. Vous appelez ça comment ?

Kim lui donne raison d'un mouvement de tête, Léno ne se laisse pas impressionner :

– Et c'est bien un truc de mec de défendre une fille pareille juste parce qu'elle est bien foutue !

– Je ne suis pas comme ça ! s'offusque Anis.

– Tu crois que je ne t'ai pas vu la dévorer des yeux, le samedi à la plage, juste avant la rentrée ?

Anis décide de ne pas répondre. Léno savoure sa victoire sans en abuser. Céleste les observe, intriguée. Une forte amitié unit ces deux-là. Mais est-ce tout ?

*
**

Pendant très longtemps, Anis a détesté les fins de dimanche après-midi. C'est un phénomène assez fréquent, presque une sorte de coquetterie, ce cafard de fin de week-end. Chez Anis et sa mère, c'était autre chose. Le chagrin emplissait l'espace soudain vide, compressait le cœur de sa mère, sans que jamais elle ne parvienne à le dire à son fils. Enfant, le garçon la sollicitait pour des jeux de société, la laissait gagner, mais pas à chaque fois non plus pour ne pas être démasqué. L'adolescent s'est lassé de ces efforts vains. Il a fui l'appartement. Souvent, il envoyait un message à Léno, qui le retrouvait sur la Promenade des Anglais. Ils se moquaient de ces vieux Niçois tout ridés qui jouaient l'éternelle jeunesse, ils s'asseyaient sur les bancs publics occupés par des amoureux, juste pour les déranger, ils parlaient du collège, des profs, des copains, des séries. Mais jamais de ce dimanche, fin d'après-midi.

Quand il rentrait, sa mère avait les yeux rivés à son poste de télévision, à suivre le magazine « Sept à huit », qui commençait maintenant dès dix-sept heures quinze – ce foutu cafard du dimanche frappant de plus en plus tôt ! – et remplissait de la vie des autres ceux qui voulaient un instant oublier la leur. Elle lui demandait parfois où il était parti. Jamais pourquoi. Souvent, la photo de son père encadrée sur le buffet avait bougé. Mais Anis avait renoncé depuis longtemps à imaginer la conversation que sa mère avait eue avec le portrait.

C'était un 5 mars, vers dix-huit heures quinze. Les grands-parents paternels d'Anis, retraités en Algérie, étaient venus leur rendre visite à Nice, et son père les avait raccompagnés à l'aéroport. Quinze minutes aller. Sur place, le père d'Anis avait plaisanté sur le nom donné au dépose-minute en anglais : *kiss and ride.*

– Je ne suis jamais contre un bisou de plus de mon fils ! avait rétorqué, taquine, sa mère.

Il l'avait embrassée une fois de plus et il était remonté dans sa voiture. Le trajet de retour ne s'était jamais terminé. Depuis dix ans, les vies d'Anis et de sa mère étaient suspendues à un grincement de la porte de garage qui n'avait jamais annoncé le retour de la voiture dans la résidence. L'accident avait été aussi violent que soudain, et son père était mort sur le coup. Les médecins le leur avaient répété comme une consolation. Une consolation de quoi ? Son père était mort et Anis ne se souvenait plus des derniers mots qu'ils avaient échangés.

Était-ce le cas de sa mère ? Était-ce ce dernier échange de mots d'amour qu'elle imaginait face à ce sourire figé ?

Et puis Julien était entré, sur la pointe des pieds, dans la vie de sa mère puis dans celle d'Anis. Délicatement, il avait ramené une lumière chaude sur ces dimanches après-midi. Au début, il restait avec ses enfants le week-end où il en avait la garde, et Anis avait noté qu'il leur manquait.

Bien entendu, ça avait été étrange de voir sa mère avec un homme. Pas un « autre homme », son père était mort depuis si longtemps qu'Anis n'avait plus de souvenirs nets de ses parents ensemble. Avec un homme tout court.

Mais le collégien avait compris qu'il ne perdait rien et gagnait tout. Lui qui ne prononçait jamais les deux mots « mon père » découvrait depuis peu le plaisir d'évoquer son « beau-père ». Quand la relation avait été plus « installée » – que l'amour avait fait son nid, quoi ! – Julien avait présenté Anis et sa mère à ses deux enfants : Augustin et Valentine. L'orphelin avait réalisé que la mort de son père lui avait aussi volé la possibilité d'être un grand frère. Et à voir comme il se régalait avec Valentine, il aurait aimé ça ! Puis sa mère et lui avaient déménagé.

Désormais, ses dimanches soir marquent soit le départ, soit le retour d'Augustin et Valentine qui vivent une semaine sur deux avec leur mère. Anis n'est pas à l'aise avec le garçon. C'est simple : il ne le sent pas. Quand ils sont dans la même pièce, l'alarme intérieure d'Anis s'enclenche. Comme si le gars n'attendait que la bonne occasion de lui régler son compte. Ce n'est qu'une intuition, Anis n'a aucun fait précis à rapporter pour étayer sa théorie, aucune parole déplacée d'Augustin à donner en exemple. Sa mère n'a pas manqué de le lui faire remarquer quand il s'est ouvert à elle sur ses doutes.

Désormais, il se tait et reste sur ses gardes.

C'est une tout autre chanson avec Valentine. Il la retrouve avec plaisir, la quitte avec une pointe de tristesse dans le cœur. Et c'est un sentiment partagé. Attention, pas de méprise : Anis n'est pas en train de tomber amoureux de Valentine. Non seulement il est trop heureux de découvrir l'amour fraternel, mais en plus… son cœur est déjà pris.

Aucune ambiguïté non plus du côté de Valentine, qui a développé avec Anis une complicité qu'elle n'a jamais eue avec son grand frère.

Ce soir cependant, la collégienne semble ailleurs.

– Alors ? la taquine Anis. Tu ne cherches même pas à savoir comment s'est passée ma soirée ?

– Comment s'est passée ta soirée ? réplique-t-elle, sans parvenir à y mettre le ton.

– Super ! Mon amie Céleste vit seule dans un studio, sa cousine nous avait préparé des vraies tueries à manger, on a beaucoup ri… mais j'ai l'impression que ce n'est pas très important. Pourquoi tu tires une tête pareille ?

– Oh rien…

Un rien qui veut dire tout, Anis le sait, il est aussi spécialiste du genre. Il insiste donc :

– Valentine, tu peux me parler, tu sais.

Et parvient presque à son but :

– C'est Augustin. Il a été… il a été pénible tout le week-end.

Anis sait que la relation est tendue entre le frère et la sœur. Il sait aussi que c'est un classique dans les fratries, même s'il ne l'a pas lui-même expérimenté. Mais cette fois, ça semble plus sérieux. Anis insiste, en vain. Alors il change de méthode :

– Valentine, que crie un donut sur la plage ?

– …

– Je vais me baigner.

– Deux balles, sourit Valentine.

C'est gagné ! Les blagues nulles, encore meilleures si elles ne font rire qu'eux, est un des composants secrets du ciment qui lie ces deux-là.

*
**

Pause de midi. En ce début d'octobre, les fortes averses se sont disputé le ciel avec les vents forts. Aujourd'hui enfin, le soleil a repris ses droits, et, allongés en rangs d'oignons sur la pelouse du lycée, une quinzaine de garçons et de filles lui rendent hommage. Parmi eux, Céleste, Kim et Léno. Assis près de là en tailleur, Anis discute avec Zahia, l'amie de Kim.

Depuis peu, leur petit groupe s'agrandit à la cantine. L'information s'est répandue non seulement parmi les secondes 7, mais aussi dans la classe de Léno et celle de Zahia : Céleste, tout fraîchement débarquée à Nice, vit seule dans un studio. À quinze ans seulement, cela fait forcément d'elle une fille cool. Et une fille cool est une fille à fréquenter.

Au début, les spéculations sont allées bon train : Pourquoi Céleste est-elle venue s'installer ici ? A-t-elle dû fuir un foyer à problèmes ? Aucun de ses nouveaux vrais amis ne l'a trahie et n'a parlé de son chagrin d'amour. Résultat : le mystère demeure et renforce l'attraction qu'elle suscite. Céleste est la première à s'amuser de la situation.

L'information a dû remonter jusqu'aux oreilles de Nina-la-Nice-Girl, la reine d'Instagram. Alors que celle-ci lui adresse à peine la parole depuis la rentrée, ce midi, escortée de sa cour, elle décide de venir rendre ses hommages à Céleste.

– Cééé-leste ! s'écrie-t-elle comme si elle retrouvait son amie de toujours à son retour d'un tour du monde sur un paquebot de luxe. Ça va ?

Ladite Cééé-leste n'est pas la seule à prendre appui sur ses coudes pour découvrir qui l'interpelle ainsi : une vraie ola redresse les bustes. Seule Léno se rallonge immédiatement. Histoire que tout le monde comprenne bien le message : cette fille ne mérite pas que j'ouvre les yeux.

– Oui, ça va, s'étonne Céleste.

Dans la suite de la reine Nina, ça pouffe.

– Samedi, je participe à un *event* (elle appuie sur le mot) chez un coiffeur-salon de beauté très chic, annonce Nina, un grand sourire aux lèvres. Ils m'offrent deux heures de mise en beauté, et je me suis dit que tu pourrais m'accompagner. Histoire qu'on bavarde tranquillement toutes les deux !

– Tu veux dire : histoire que tu baves sur le dos des autres, marmonne Léno, les yeux encore fermés.

Céleste réfléchit à toute vitesse. Doit-elle jouer la neutralité ou choisir son camp ?

– Deux heures de mise en beauté ? Il y a donc tant à faire ? plaisante-t-elle, d'une voix bien distincte.

Cette fois, tout le monde suit bien la conversation, Léno y comprise : la curiosité est plus forte que le mépris. Flottement parmi les groupies de l'instagrameuse : est-ce qu'il faut rire ou hurler au crime de lèse-majesté ? Tous les regards sont fixés sur le visage de Nina, qui ne trahit aucune émotion. Puis, comme si un « clac » visible d'elle seule avait lancé le signal « On tourne ! », elle éclate d'un rire bruyant :

– Hihihi, pour réussir à faire quelque chose de tes cheveux, ça devrait tout juste suffire ! Je suis certaine que l'on va bien s'entendre !

Léno en doute. Céleste, elle, semble soudain gênée par toute cette attention portée sur elle.

– Je suis désolée, samedi, je peux pas.

Cette fois, certaines fans de Nina sont au bord de l'évanouissement. Çà et là, des protestations s'expriment même, du bout des lèvres seulement. Il en faut plus pour démonter Nina.

– Le suivant alors.

Ce n'est pas une question, mais bien un détail réglé. Pour Nina au moins.

– Le suivant, je ne peux pas non plus. En fait, je peux jamais le samedi.

– Tant pis alors, tu resteras moche ! pouffe Nina.

Bien entendu, ce n'est qu'un trait d'humour. Après tout, c'est Céleste qui est partie la première sur ce registre, et celle-ci est tellement jolie que le doute ne peut pas exister. C'est en tout cas ce que Nina affirmerait si on le lui demandait, et comme ça que Céleste le prend. Mais pour que ce soit clair, cette dernière préfère préciser :

– Le samedi, je donne un coup de main toute la journée au refuge pour animaux de Carros. Je ne peux pas louper.

– Même pour un toilettage ?! ne peut s'empêcher de lâcher Léno.

Qui est immédiatement fusillée du regard sur place par Nina.

– C'est beau de t'occuper comme ça des pauvres bêtes… minaude Nina. (Puis elle se tourne vers Léno et son ton change.) Au refuge… et ici.

Et bing ! Sur ces mots, Nina part, suivie par une nuée de filles regonflées à fond par la dernière sortie de leur idole.

– Je lui donne moins de cinq minutes pour qu'elle nous tacle sur Insta, déclare Léno, désignant Nina d'un regard méprisant.

Mais Céleste ignore sa remarque :

– Dis donc, c'est chaud entre vous deux.

Tant pis si Anis n'apprécie pas, Léno confirme ce qu'elle avait déjà expliqué à la soirée :

– Cette fille est une garce. Elle ne pense qu'à elle et à son image. Excuse-moi de te le dire, mais c'est pour ça uniquement qu'elle voulait t'inviter. Elle a appris comme les autres que tu vivais seule, ça l'impressionne.

Confirmation tacite : quelques têtes honteuses fixent tout à coup leurs chaussures. Kim, elle, est enthousiaste :

– Tu nous avais pas dit que t'étais bénévole au refuge. C'est génial !

Nouveau moment de gêne pour Céleste, qui reste silencieuse.

– Oh si, c'est super ! insiste une fille dont Céleste n'a pas retenu le prénom car ça ne fait que quelques jours qu'elle traîne avec eux.

Céleste n'a pas envie de répondre. Heureusement, la diversion arrive par les téléphones.

– Ça y est, c'est sur Insta ! annonce une autre fille.

– Dites donc, c'est la Nabilla de Nice, cette Nina, commente Céleste.

– Oui !!! confirme Léno. Et je crois que tu t'es fait une ennemie en refusant sa fan-tas-tique invitation.

– Ça te fait plaisir ? interroge Céleste.

– Oui ! Car nous sommes deux maintenant !

Anis soupire :

– Tu devrais pas te réjouir comme ça.

Léno se tourne de nouveau vers Céleste :

– Fais pas attention, Anis est amoureux de Nina. Je ne me l'explique pas, et je n'y peux rien : il ne veut pas s'en défaire.

– N'importe quoi ! s'énerve Anis. Arrête avec ça.

– T'es amoureux, je le sais. Je te connais mieux que personne.

Cette fois, Anis se met debout sans un mot et s'en va. Kim échange avec Céleste un regard gêné. Depuis que leur groupe s'est formé, c'est la première fois qu'il y a un tel malaise.

Léno, elle, cherche la formule pour ne pas perdre la face mais en vain.

– Ça va sonner, lâche-t-elle finalement. J'y vais. À tout à l'heure ?

Kim s'est-elle trompée ? Elle a cru percevoir une pointe d'inquiétude dans la voix de leur amie.

*
**

Quand Kim et Céleste retrouvent Anis devant la porte de leur classe de français, le garçon a le visage fermé. Pendant toute l'heure de cours qui suit, il desserre à peine les lèvres. Cette attitude peut sembler habile envers Alcatraz, qui déteste qu'on parle sans y avoir été explicitement invité, mais elle suscite l'inquiétude des deux filles.

Certes, Léno a été lourdingue sur Nina, estime Céleste.

Certes, ce n'est pas la première fois qu'elle charrie Anis sur le sujet, confirme Kim.

Mais la réaction d'Anis est digne d'un mauvais programme de téléréalité, de ceux que les filles aiment critiquer même si Kim les regarde en rentrant de cours, parce que c'est bon de ne pas réfléchir pendant une demi-heure. (Céleste, elle, ne les suit plus parce qu'il n'y a pas de télévision dans le studio.)

À l'intercours, n'y tenant plus, elles questionnent Anis tandis qu'ils remontent le couloir vers l'escalier qui mène à l'étage des sciences. Il tente de fuir sans répondre, alors Céleste l'attrape par le bras en bas des marches.

– Anis, mec ! Qu'est-ce qui t'arrive ? Tu n'as pas dit un mot depuis ce midi, commence-t-elle.

– Pourquoi la remarque de Léno t'a mis dans un état pareil ? poursuit Kim, qui se lance : T'es vraiment amoureux de Nina ? Si c'est le cas, tu as le droit.

– Bien sûr que t'as le droit ! insiste Céleste, qui tente en vain d'être convaincante.

Anis, tendu comme un ressort deux minutes plus tôt, se laisse tomber contre le mur.

– Je ne suis pas amoureux de Nina, je ne comprends pas comment Léno a pu se mettre une idée aussi débile en tête. Elle qui affirme partout qu'elle me connaît bien, tu parles !

Kim est perdue. Céleste, elle, voit poindre un début d'explication au comportement de leur camarade. Son intuition est-elle juste ?

– Anis, c'est Léno que…

Elle n'a pas le temps de finir sa phrase, Anis l'interrompt :

– On va être en retard en cours.

– C'est Léno que quoi ? demande Kim, qui n'a visiblement pas eu la même révélation.

– Rien ! tranche sèchement Anis, avant qu'un grand sourire ne transforme son visage : Grouillez, sinon on va devoir aller chercher un bulletin de retard.

Juste avant d'entrer dans la classe, il attrape à son tour le bras de Céleste :

– Céleste, ça reste entre…

– T'inquiète, le coupe-t-elle.

Kim n'a rien entendu de leur échange. Tandis que le cours commence, Céleste digère sa découverte : Anis est amoureux de Léno. Tout simplement ! Lui affiche une mine soulagée, et semble avoir repris quelques centimètres entre le cours de français et celui de sciences.

*
**

Léno questionne Bleuwen du regard. Sa sœur lève les yeux au ciel : elle est d'accord, il y en a ras le bol ! Depuis peu, ses parents se parlent de nouveau, mais pas pour échanger de tendres mots d'amour. Une fois de plus, le repas familial s'est transformé en règlement de comptes. Et ce soir encore, une broutille a mis le feu à la mèche : l'enveloppe contenant le règlement de l'assurance voiture est restée une journée de plus dans l'entrée.

Le père : Je vois que t'es toujours pas passée à la poste.

La mère : Il n'y a que moi qui sais où elle se trouve ou c'est parce que tu ne sais pas coller un timbre ?

Le père : J'ai signé le chèque, j'ai fait le plus gros, non ?

La mère : Bien sûr, une fois encore, môssieur a payé alors môssieur a fait le job.

Leurs filles ont renoncé depuis longtemps à combler les silences qui suivent en général ces prises de bec et le repas se termine au seul bruit des couverts. Léno est en colère contre ses parents et contre elle-même : elle s'est défoulée sur son assiette et s'est resservie deux fois en lasagnes. Il est trop tard pour qu'elle aille courir, il va donc falloir qu'elle fasse au moins une heure d'abdominaux dans sa chambre ce soir pour compenser cet inexcusable excès. Bleuwen, elle, est très loin de ces considérations caloriques. Alors qu'elles finissent de débarrasser la table, elle lance d'une voix détachée :

– Au fait, pendant les vacances de la Toussaint, je pars trois jours avec des potes.

– Comment ça, tu pars avec des potes ?

Les parents ont parlé d'une seule voix et en sont les premiers étonnés. Léno, qui s'apprêtait à filer dans sa chambre, décide finalement de rester en bas. Ses exercices attendront, elle est curieuse de voir comment sa sœur va parvenir à ses fins.

– Je pars avec des potes, y a rien à expliquer, tranche Bleuwen.

Mais ce n'est pas l'avis de tout le monde :

– Tu pourrais au moins nous dire où tu vas, insiste sa mère.

Sa fille le concède :

– Je vais à Fréjus.

L'information n'est pas assez détaillée, Bleuwen le sent. Alors elle précise :

– La grand-mère d'une copine nous prête son appartement.

– Et vous serez combien ? demande à son tour son père.

– Cinq : trois filles et deux garçons.

Le compte ne doit pas être bon car le paternel grimace :

– C'est hors de question. Tu ne vas pas partir seule avec des garçons dans un appartement…

– Je serai pas seule ! plaide Bleuwen. On sera trois filles. Papa, on sait ce qu'on fait…

Mais elle n'a même pas besoin d'en rajouter, sa mère, dubitative sur le projet il y a une minute à peine, vient prendre sa défense.

– Bleuwen sait se tenir, elle. (Ce qui signifie en langage décodé : Pas comme toi, prends ça dans les dents !) Elle a l'âge de partir avec des amis à quarante-cinq minutes de voiture d'ici.

Puis elle se tourne vers sa fille :

– Je pourrais t'y emmener en voiture, et prendre trois personnes en plus si tu veux.

Donc, maman vient de se rallier à la cause de Bleuwen juste pour contredire papa, comprend Léno. Bleuwen réalise aussi qu'elle a remporté la moitié de la bataille. Elle livre les détails d'organisation :

– C'est gentil maman, mais le père de ma copine a une voiture sept places, il va nous emmener.

– Donc c'est acté ? intervient leur père. On ne sait pas où elle va…

– À Fréjus, rappelle Bleuwen.

– Avec qui…

– Deux copines et deux copains.

– Et on laisse faire.

– À moins qu'on ajoute « complètement vieux jeu » à la liste de tes défauts, oui ! le tacle son épouse, avant de se tourner vers Bleuwen : Ma chérie, tu as mon accord.

Sous-entendu : Ça te suffit. Et en effet, son père n'ajoute pas un mot. Il se contente de soupirer. Léno est impressionnée : leur mère vient de donner à Bleuwen une autorisation que sa sœur ne demandait même pas. Dommage qu'elle n'ait pas de projet de piercing ou de voyage au bout du monde, ça serait passé comme une lettre à la poste (bien envoyée cette fois !).

Plus dérangeant, Bleuwen ne l'avait pas mise dans la confidence. En général, quand l'une a une faveur à obtenir des parents, elle demande le soutien de l'autre. Cette fois, Bleuwen a agi dans son coin : c'est vraiment n'importe quoi dans cette maison en ce moment.

Une fois remontée à l'étage, Léno file directement dans la chambre de sa sœur exiger des explications. Et la vérité, car ce plan à Fréjus à cinq, elle n'y croit pas une seconde.

– Bien sûr que je pars avec des potes ! proteste Bleuwen.

– Et qui ça ?

– Albane, Camille, Emma, Thomas et Olivier.

– C'est bizarre, t'as dit cinq aux parents…

– Ça fait cinq !

– Ça fait six avec toi, espèce de nulle !

Bleuwen tente une pirouette :

– C'est parce que Emma, c'est pas encore sûr.

Mais Léno n'est pas dupe :

– Tu pars avec ton mec, c'est ça ?

– J'ai pas de mec.

– Pourquoi tu me mens comme ça ? T'as plus confiance en moi ou quoi ?

La voix de Léno a trahi sa déception. Bleuwen grimace :

– Bon, OK, ouais… je pars avec mon copain.

Léno ne feint même pas la surprise, histoire de bien montrer à sa sœur qu'elle avait compris qu'elle était en couple.

– À Fréjus ?

– Oui, il a réservé un studio pour trois jours.

– Et deux nuits ! s'exclame Léno avant de poursuivre son interrogatoire : C'est qui ?

– Tu connais pas.

Réponse tout à fait insuffisante à ce stade de confidences, bien entendu. Bleuwen elle-même le sait. Elle précise :

– Il s'appelle Alex... Alexis. Je l'ai rencontré cet été, quand t'étais chez mamino et papito. Il habite près d'Aix-en-Provence.

Cette fois, on est bon ! Léno a enfin percé le mystère de l'amoureux de sa sœur, elle comprend mieux pourquoi sa filature n'avait rien donné.

Un touriste, quelle idée !

– Alors tu l'as pas revu depuis ?

– Non.

– Et tu vas... ? Vous allez... ? Dormir ensemble ?

– Ça, frangine, c'est pas tes affaires !

Léno en convient à regret et quitte la chambre de sa sœur. De retour dans la sienne, elle se laisse tomber sur son lit. Son estomac trop rempli n'apprécie pas la chute et Léno a un haut-le-cœur. Les abdos attendront. Léno chasse de ses pensées son excès alimentaire. Bleuwen n'a peut-être pas opté pour la solution de facilité en tombant amoureuse d'un touriste mais :

1/ On ne choisit pas de qui on tombe amoureux.

2/ Elle a de la chance d'avoir un petit ami.

Ça doit être chouette, un garçon qui vous serre dans ses bras quand ça ne va pas. Un confident avec qui se laisser aller, avec qui plaisanter de ce qui vous tracasse. Léno jalouse sa sœur, mais pas longtemps. Certes, aucun amoureux ne l'embrasse langoureusement et ne lui dit qu'elle est belle. Mais pour le reste, soutien, confident, dédramatiseur, Anis coche toutes les cases.

Certes.

Mais Anis s'est vexé ce midi pour une bêtise ! Il est ridicule.

À moins que ce soit elle qui soit trop lourde ? (Décidément !) Léno sait bien qu'Anis n'est pas amoureux de cette fille. Ce qu'elle ignore, c'est pourquoi elle a besoin de taquiner son ami comme ça concernant Nina.

« Parce que tu crois que Nina sort avec qui elle veut, et pas toi. »

Mets-la un peu en sourdine, voix de la vérité ! En effet, Léno est peut-être aussi un peu jalouse de cette fille. Qu'elle méprise au passage, que ce soit clair. Elle se rassoit. De toute façon, côté fille populaire, Céleste est beaucoup plus intéressante – et gentille ! – que Nina.

Affaire réglée !

Ou presque : Léno attrape son téléphone et envoie un message à Anis.

Je suis désolée pour tout à l'heure. Je sais bien que tu n'es pas amoureux de cette fille. Je t'ai trop bien éduqué pour ça. 😉

Léno efface la dernière phrase et rédige une formule où la tendresse a remplacé l'ironie. Puis elle s'allonge sur son lit et chope son vieil âne en peluche :

– Pilou, Bleuwen s'apprête à faire le grand bond avec un Alexis qui vit à Aix-en-Provence ! lâche-t-elle à voix haute.

Parce que Pilou est un confident qui ne l'a jamais trahie. En s'entendant parler, Léno comprend qu'un truc ne colle pas. Quoi ? Ça, elle ne le sait pas encore.

*
**

Léno l'aime beaucoup ?

Lui, il l'aime tout court. Depuis le premier jour, ou presque. Mais Anis ne le lui dira pas, il a tellement peur d'abîmer cette belle amitié. De toute façon, il n'est pas à la hauteur : Léno est une reine, il faudra un prince pour conquérir son cœur.

Il cherche la meilleure réponse à son message. Se contente finalement d'un :

C'est oublié. 😘

Dire que sur cette plage, ce samedi de fin août, il s'était senti le courage de l'embrasser. De gagner son amour ou de la perdre. Et il a fallu que le chien d'Alcatraz vienne tout gâcher !

Cet après-midi, Céleste a tout compris. Et elle n'a rien dit. Elle est chouette, cette fille. Kim aussi. Il pourrait tomber amoureux de l'une ou de l'autre, non ? Ça lui changerait un peu les idées. Ou carrément ne plus être amoureux de personne : ça mettrait son cœur au repos.

Non, ça ne marche pas : son cœur n'a pas envie de se reposer.

*
**

La deuxième réunion du club Marée verte est l'occasion de constater que les lycéens engagés sont aussi une espèce menacée. Sur les vingt-deux élèves présents à la première réunion, seulement quatorze sont revenus. Il en faut plus pour démotiver Jacques, Romain et Zeina. Les fondateurs du club écartent vite les chaises restées vides. Puis ils lancent le sujet du jour : les premières actions à mettre en place.

– Kim, tu devais réfléchir à une action de nettoyage, qu'est-ce que tu nous proposes ? demande Jacques.

Kim hésite : doit-elle se lever pour parler ? Elle décide finalement de rester assise.

– J'ai remarqué que les espaces verts du lycée étaient sales, surtout les massifs et les buissons. Je me suis dit qu'on pouvait commencer par là.

Un garçon éclate d'un grand rire méprisant :

– Attends, c'est ça, ton grand projet ? Nettoyer le lycée ?

Kim, d'abord désarçonnée, se ressaisit :

– Oui. Je pense que la nature doit être respectée partout et…

– C'est clair, t'es une aventurière ! la coupe le garçon, sarcastique.

Zeina tend la main, elle s'apprête à intervenir, mais Kim ne lui en laisse pas le temps :

– Je me suis dit aussi qu'en commençant par le lycée, on donnait de la visibilité à notre action, et ce serait un moyen de recruter de nouveaux volontaires.

– Brillante idée ! s'enthousiasme Jacques. De nouvelles recrues, qui resteraient cette fois, ne nous feraient pas de mal !

Les joues de Kim sont en feu. Dire que la veille elle s'est moquée de son père quand il lui a suggéré cette action précise dans ce but précis. Merci papa, je t'aime !

– C'est très bien vu, confirme une autre fille.

Mais le réfractaire n'est pas le seul à être dubitatif. Sa voisine intervient :

– Y a quand même un jardinier ici qui s'occupe de tout ça, il ne va pas apprécier qu'on lui pique son boulot. Ou qu'on sous-entende qu'il le fait mal.

– L'idée n'est pas de faire le job à sa place ou de le critiquer, bien au contraire ! réplique Kim. C'est justement de le mettre en valeur et de pousser les autres élèves à le respecter ensuite.

Quelques commentaires admiratifs traversent la petite assistance. Décidément, Kim a trouvé sa place dans ce club. Même le garçon moqueur accepte de participer à son nettoyage, sans quand même se priver d'une dernière pique :

– À la condition qu'après, vous veniez aussi nettoyer ma chambre.

Kim, raide comme un piquet tout le long de son intervention, se laisse couler dans sa chaise. Elle est soulagée. Vexée aussi un peu : depuis la première réunion, elle a cherché quelle action spectaculaire elle pouvait proposer pour montrer son engagement (sa valeur plutôt, non ?) et c'est l'idée simple de son père qui s'avère la plus efficace. Son adversaire vaincu la sort de sa réflexion :

– Maintenant, je suis pressé de découvrir ce que l'on va faire comme véritables actions de sensibilisation.

Le clin d'œil qu'il lui adresse à la fin de sa phrase chasse l'envie de Kim de lui tordre le cou. Elle ne va pas vraiment le détester, finalement. (De toute façon, Kim ne sait pas détester : elle n'a pas encore eu l'occasion d'apprendre.)

C'est au tour de Julie de prendre la parole. Elle choisit de se lever et de venir se placer devant le groupe.

– Nous devons frapper fort pour marquer les esprits. Alors déjà, je propose qu'on se commande des T-shirts…

– Made in China ?

Cette fois, la réflexion n'est pas venue du groupe, mais de derrière l'étagère qui abrite les romans classés par auteurs, de la lettre A à la lettre K. Julie décide de ne pas répondre :

– J'ai trouvé un site Internet où on peut acheter des T-shirts en coton bio.

– Récolté par des enfants payés deux euros la journée ? questionne l'étagère.

Là, c'en est trop ! Jacques et Romain se lèvent et vont démasquer la voix. Les voilà face à un élève de terminale. Il est entouré de ses amis et veut les faire rire :

– Ben alors les jus de céleri, on ne sait pas rire un peu ? Pourtant, ça n'attaque pas la couche d'ozone, à ce que je sache.

Jacques refuse de partir sur ce terrain.

– On essaie d'avancer dans nos projets, on a peu de temps, alors je te remercierais de ne pas nous interrompre.

– Les pauvres ! Ils manquent de temps pour sauver la planète !

Cette fois, la moitié du club Marée verte s'est levée pour se placer derrière son leader. Les autres sont accrochés au dossier de leur chaise. La voisine de Kim lui murmure :

– C'est Antoine. Il sortait avec Zeina l'année dernière, et elle l'a quitté. C'est pour cela qu'il vient nous provoquer.

Kim n'a pas le temps de dire ce qu'elle en pense : madame Valdher vient se mêler à l'échange.

– Je peux savoir ce qui se passe ici ? intervient la prof doc.

– Rien, je posais une question, lâche dans un sourire moqueur celui qui s'appelle donc Antoine. Mais apparemment ils n'ont pas la réponse.

– Alors pose-la ailleurs et fiche-leur la paix ! tranche la prof.

– Bien Miss Tagada !

– File, sale gosse ! soupire-t-elle, attendrie.

La réunion peut reprendre et Julie expose ses idées, comme arrêter de mettre du déodorant ou cesser de s'épiler, mais aussi coller une grande pancarte sur les voitures des profs qui sont trop polluantes.

– C'est un peu extrême peut-être, suggère Zeina.

– C'était des pistes, concède Julie.

Quand Romain lève la séance, Kim se tourne vers sa voisine.

– Dis, l'autre, Antoine… il a vraiment appelé la prof « Miss Tagada » ?

– Ah oui ! Tout le monde l'appelle comme ça. Parce qu'elle mange des fraises Tagada en douce et les distribue dès que t'as le moindre coup de cafard ou de mou.

– Et elle dit rien ? s'étonne Kim.

– Non, parce qu'elle est tendre comme une fraise Tagada ! plaisante la fille de terminale avant de filer.

Kim ramasse son sac et part à son tour. Si elle se presse, elle retrouvera ses amis avant que les cours ne débutent. Et elle aura le temps de leur raconter à quel point ces réunions de club valent le détour !

*
**

Quand Céleste arrive au refuge ce samedi matin, elle sent que quelque chose est différent. Suivie de près par Poupouille, elle dépose ses baskets au vestiaire, enfile ses bottes en caoutchouc et commence le nettoyage des box. Cette bonne habitude qu'elle a prise lui permet d'évacuer tout de suite la corvée la plus pénible. Après, il ne lui restera plus qu'à balader et dorloter ces animaux auxquels elle s'attache de plus en plus. Et qui lui rendent bien, comme le prouve le regard de Poupouille qui ne la lâche pas d'une semelle.

– Tu peux pas me laisser tranquille deux minutes ? le rabroue-t-elle. Ou te brosser les dents ? Tu pues de la gueule !

Tout à coup, elle comprend ce qui lui a semblé différent. Lulu n'est plus là. Le vieux basset artésien a été adopté ! Toute à sa joie, Céleste interpelle Victor :

– Pourquoi tu m'as pas dit que Lulu a trouvé un foyer !

– Parce que c'est pas le cas, réplique, d'une voix monocorde, le jeune homme.

– Ben alors, il est où ? questionne Céleste.

Son interlocuteur se contente de hausser les épaules. Perdu : réponse insatisfaisante, Céleste insiste. Le garçon jette sur elle un regard méprisant :

– Dis-moi, tu fais exprès de pas comprendre ? Lulu est mort, il a cassé sa pipe, il est parti rejoindre le paradis des chiens où il croque des os arc-en-ciel si tu préfères.

Puis il s'éloigne : conversation terminée. Céleste aimerait comprendre : Lulu ne peut pas être mort, il allait bien samedi dernier, il est encore venu se coller à elle après le repas. Elle sent les larmes lui attaquer le regard. À ce moment, une main se pose sur son épaule : c'est Fanchon.

– Je sais, ma belle, c'est dur. Mais dis-toi qu'il a eu une belle vie.

– Est-ce qu'il a été… est-ce que vous…

Céleste ne parvient pas à finir sa phrase. Est-ce que Lulu a été euthanasié ? Voilà ce qu'elle aimerait demander. Elle sait que ça ne se fait pas au refuge, on lui a certifié le premier jour quand elle a posé la question, mais elle a besoin d'en avoir la confirmation. Fanchon le devine :

– On l'a retrouvé jeudi matin dans son box. Il avait l'air très paisible.

Cette fois, la jeune fille ne cherche pas à retenir ses larmes. Fanchon la serre contre sa poitrine et lui murmure doucement :

– T'inquiète pas, ça va aller. On ne s'y habitue jamais, mais on tient le coup.

Puis elle caresse délicatement la tête de Céleste et ce simple geste ouvre grand les vannes : Céleste pleure ce chien qu'elle ne connaissait pas si bien mais avec qui elle a partagé de doux moments, elle pleure sa mère qui lui manque, elle s'en rend compte, elle pleure cette vie qu'il a fallu recommencer ici, loin de tout. Céleste est heureuse à Nice, c'est certain. Mais elle est fatiguée : cette installation et cette intégration lui ont demandé une immense énergie. Les vacances de Toussaint et le retour chez ses parents vont lui faire du bien.

Une demi-heure plus tard, Céleste plaisante avec les autres pendant la pause déjeuner. Elle affiche toute sa pétulance habituelle et seule Fanchon note qu'elle s'est assise de manière à tourner le dos à l'arbre où elle partageait avec Lulu une sieste digestive et câline.

Alors qu'elle s'apprête à reprendre le travail avec Poupouille toujours collé à ses bottes, Céleste s'agenouille pour lui murmurer à l'oreille quelques mots que personne n'entend, mais qui doivent tourner autour de : « Ne me quitte pas, toi. »

*
**

C'est la seconde fois depuis la rentrée que Kim est absente. La première fois, elle était réapparue le lendemain avec, comme toute explication à ses camarades, un grand sourire. Ni Anis ni Céleste n'avaient jugé nécessaire d'en savoir plus.

Ce matin, son absence intrigue Céleste : elle ne tient pas un journal intime de la seconde 7, mais il lui semble bien que Kim a manqué les cours il y a tout juste quatre semaines. Douleurs de règles ? Manque de chance, Nina est apparemment parvenue à la même conclusion. Tandis que les élèves sortent pour la pause toujours bien méritée, elle s'arrête à la hauteur de Céleste et d'Anis :

– Dites-donc, on dirait que votre copine est une chochotte ! Pas pouvoir sortir le jour de ses règles, ça craint quand même ! Ou alors, c'est une question d'argent ? Pauvre Kim ! Hihi, c'est le cas de le dire.

Très fière de sa blague, elle poursuit d'une voix digne de BFM cette fois :

– Il paraît que de plus en plus de filles n'ont pas les moyens de s'acheter des protections périodiques. Je peux lancer une collecte pour Kim sur mon compte, elle va crouler sous les tampons. Enfin, si elle sait s'en servir.

Tant de méchanceté cachée sous tant d'apparente générosité, Céleste est bluffée. Elle décide d'ignorer Nina : le mépris est la seule réponse adéquate. Mais elle n'y parvient pas :

– Et ça ne t'est pas venu à l'esprit qu'elle avait simplement mal au ventre ? s'énerve-t-elle.

– Je suis vraiment obligé de subir cette conversation ? ironise Anis. Franchement, je préférais quand vous vous ignoriez, toutes les deux.

Céleste acquiesce et tourne le dos à Nina, qu'elle entend juste ricaner :

– Qu'est-ce qu'elle est susceptible !

Tandis qu'ils descendent l'escalier, Anis relance le sujet :

– Dis donc, c'est chaud entre vous depuis…

– Depuis qu'on s'est embrouillées à la pause du midi et que j'ai compris que t'étais amoureux de Léno.

– Si on résume, ouais c'est ça ! sourit Anis.

– On n'en a jamais reparlé…

Céleste note bien que le visage de son copain vient de se refermer. Mais elle décide pourtant de poursuivre : Kim absente, c'est le moment idéal. Anis ne semble pas de cet avis :

– Léno va débarquer et…

Mais Céleste ne se laisse pas distraire :

– Tu l'aimes depuis longtemps ?

Anis a compris qu'il n'y échapperait pas. Il cède :

– Depuis le premier jour je crois, ou presque.

Son malaise attendrit Céleste, qui joue la carte de l'humour :

– Ah d'accord, c'est plus grave encore que ce que je pensais !

Elle avait reconnu chez Anis le grand classique du meilleur-copain-qui-en-vérité-est-amoureux, mais elle n'imaginait pas quand même que c'était à ce point-là.

– Et tu ne lui as jamais rien dit ?

– Non jamais.

Céleste ne cache pas sa curiosité…

– Et du coup… Du coup, t'es sorti avec aucune autre fille ?

– Si, bien sûr !

… Ni son mépris : on ne sort pas avec une fille quand on en aime une autre, c'est la base !

– Eh, ne me juge pas ! J'ai cru que j'arrivais enfin à penser à une autre. Mais en fait non. C'est…

– C'est quoi ?

C'est ce qui s'est passé avec Maëlys. Un jour, elle a critiqué Léno… et à juste titre, Anis le reconnaît aujourd'hui devant Céleste. Mais cette fois-là, il a défendu son amie, bec et ongles. « Comme d'habitude », a commenté sa petite amie qui a compris qu'elle n'allait pas le rester.

– Elle m'a dit que c'était Léno que j'aimais, et qu'il était peut-être temps que j'assume. Que je la chope et je l'embrasse un bon coup pour savoir.

– C'est ce qu'elle a dit ? s'étonne Céleste.

– Oui, je t'assure ! Je crois qu'elle était vraiment furax. J'ai pas cherché à nier : non seulement Maëlys avait mis des mots sur ce que je refusais de voir, mais en plus son idée était séduisante. Après tout, si Léno me repoussait, on passerait à autre chose. Ou pas. Et si elle ne me repoussait pas, alors…

– Et donc, la fille qui s'est fait pisser dessus par le chien d'Alcatraz ?

– C'était Léno, oui !

Anis confirme : Léno était persuadée qu'il avait passé l'après-midi à surveiller Nina alors que lui cherchait juste à regarder ailleurs que vers son amie de toujours, pour ne pas perdre le courage qu'il se sentait enfin ce jour-là.

– Tu comprends que ce connard de cleps…

– C'est pas un connard de cleps ! le coupe sèchement Céleste. Il pue de la gueule, c'est vrai. Mais il est chouette.

L'énervement soudain de Céleste fait qu'Anis se méprend :

– Je suis désolé, avec tout ce que tu as vécu, je retourne le couteau dans la plaie.

– Comment ça… ce que j'ai vécu ? s'étonne Céleste.

Elle n'a parlé à personne de la mort de Lulu : ce qui se passe au refuge reste au refuge. (Et surtout ce qui ne s'y passe pas, comme l'absence d'une ébauche de lien même amical entre Céleste et le ténébreux Victor ; mais ça, Céleste ne le reconnaîtra jamais.)

Anis, lui, a autre chose en tête :

– Je pensais à ce que tu nous as raconté chez toi, le garçon qui t'a brisé le cœur…

Devant la mine encore plus ébahie de Céleste, il s'embourbe…

– Ton chagrin d'amour, la déprime qui a suivi et ton changement d'air, mais…

Mais il se trompe peut-être : Céleste ne semble pas comprendre l'allusion. Est-ce que… est-ce que ce n'était pas un garçon ? Céleste était-elle amoureuse d'une fille ? Ça aurait peut-être compliqué la situation : tout le monde n'est pas ouvert d'esprit sur le sujet. Et ça expliquerait qu'elle ait eu besoin d'air.

Son amie ne laisse pas le doute s'installer :

– Ah, oui, bien sûr ! Ce sale mec qui m'a brisé le cœur. C'est juste que… tu vois, je dois avoir vraiment bien tourné la page car je pensais plus à lui. Sans doute grâce à vous, tu sais, insiste bien Céleste, qui espère avoir été convaincante.

C'est qu'elle aimerait ne pas revenir sur le sujet, voyez-vous.

– Oui, ce sale type-là ! s'exclame Anis.

Lui aussi sait mentir. Il n'est pas dupe : Céleste lui cache quelque chose. Mais il n'est pas non plus intransigeant : elle en a bien le droit.

*
**

Quand Céleste est venue s'installer à Nice, son père l'a conduite en voiture. Onze longues heures de trajet où les silences ont été plus loquaces que leurs bavardages forcés. Pas simple de parler à son père, encore moins quand il nourrit toujours contre vous une sourde colère, qu'il parvient à étouffer mais pas à supprimer.

Le coffre de la voiture était rempli : sacs de vêtements et livres, fournitures scolaires, provisions de shampoings, crèmes, etc., et même trois packs de vingt-quatre rouleaux de papier toilette. Non seulement la mère de Céleste n'a pas le sens de la mesure quand il s'agit du bien-être de ses enfants, mais elle a aussi rappelé à Céleste qu'elle devait solliciter au minimum son oncle, qui s'était déjà montré particulièrement généreux. (Comme s'il fallait ménager cet oncle qu'on voyait à peine une fois par an et qui devenait tout à coup merveilleux...) Sur la banquette arrière, le vélo de Céleste était supposé lui offrir une liberté de circulation. Elle en profite à peine finalement : la dernière côte pour remonter chez elle est beaucoup trop raide.

Pour ce trajet du retour, Céleste voyage léger : une petite valise qu'elle a gardée avec elle dans la cabine de l'avion, et beaucoup moins de questions en tête. Après le décollage le demi-tour de l'avion sur la mer Méditerranée a dessiné un grand sourire sur son visage : c'est vraiment une région magnifique. Certes, elle n'en a découvert qu'une infime partie.

Fréjus, Menton ou encore Monaco : Nicolas et sa famille l'ont baladée les premiers dimanches – puisque ses samedis sont déjà bien remplis –, puis la routine et les corvées ont repris le dessus sur leur planning. Les sorties de Céleste avec sa famille se sont alors limitées à la Promenade des Anglais, le dimanche en fin d'après-midi, à poursuivre Marin fier sur son vélo sans petites roues, tout en aidant Lune à ne pas tomber à rollers. Des moments plus brefs, mais toujours aussi chouettes.

À croire que tout est chouette à Nice.

Le lycée par exemple. Céleste redoutait le rejet de ses nouveaux camarades : les gens du Sud ont la réputation de n'offrir en amitié que de belles paroles. Mais dès le premier jour, Céleste s'est sentie bien auprès de Kim et d'Anis. Elle a aimé la fraîcheur et la spontanéité de l'une, la discrétion et la profondeur de l'autre. Ce trio qui prenait si bien aurait pu être mis à mal par la relation forte et exclusive qui unit Anis à Léno, mais là encore, tout s'est passé au mieux : Léno est devenue une véritable amie pour Kim et Céleste.

Une véritable amie… (Pendant ces deux semaines, ira-t-elle voir Lou ?)

Durant les longues heures du trajet aller, Céleste imaginait tous les mensonges qui expliqueraient son installation à Nice. Comment justifier en effet que vos parents décident de vous envoyer à plus de mille kilomètres de la maison ? Ce qu'elle abordait comme un handicap s'est révélé une vraie force : peu importe le pourquoi, Céleste est devenue la fille cool qui vit seule à quinze ans et demi. Trop cool parfois. Heureusement, les élèves qui traînaient avec elle dans l'espoir d'être invités à une fête à tout casser dans son studio ont déchanté. Ils ont fini par déserter et rien n'a été cassé. Quelques-uns sont restés, et c'est un petit groupe hétéroclite et joyeux qui se retrouve désormais presque tous les midis.

On est loin, si loin, de l'ambiance de son collège.

Céleste aura au moins rempli cette partie du contrat avec ses parents : plus d'injures, plus de violence, plus d'élèves qui détournent la tête en la croisant.

Il paraît que Léo traîne souvent en ville. Comment réagira-t-elle si elle le croise ? Rien. Elle ne fera rien. Elle n'a de toute façon pas le droit de l'approcher, et ce type a déjà eu tout ce qu'il méritait. Céleste serre les poings : est-ce au souvenir de ce jour, ou parce que le copilote vient d'annoncer la descente sur Paris ? Cette fois, c'est sa mère qui la ramènera de l'aéroport à leur maison. Lison, sa petite sœur, sera aussi du voyage. Et Céleste n'a aucun doute : elles auront plein de choses à se raconter pendant le trajet.

*
**

Anis se demande si le sifflement de son amie est moqueur ou admiratif. Ou les deux. Léno fait le tour de la piscine, les mains dans le dos. On dirait un agent immobilier !

– Dis donc mon pote, tu vis dans un vrai palais maintenant !

– Et encore, t'as rien vu ! J'ai donné leur journée aux domestiques à mon service !

Léno pouffe et désigne la piscine :

– On peut se baigner ?

– Si tu veux, mais l'eau est froide, elle n'est pas chauffée.

– L'eau n'est pas chauffée ! s'offusque théâtralement Léno. Vous n'êtes pas si riches que ça finalement.

– Si, on est riche… et écolo en même temps. La meilleure espèce !

– Qui est riche ?

Les deux amis se retournent. Léno sourit, Anis soupire.

– Alors Anis, tu ne fais pas les présentations ? demande Augustin.

– Léno, c'est Augustin, le fils de Julien.

– Son nouveau frangin, quoi ! Même s'il m'ignore dans les couloirs du lycée !

– Tu ne me cours pas non plus après, rétorque Anis.

– Je sais, j'ai voulu te laisser faire ta place tranquille ! Mais je regrette, maintenant que j'ai rencontré ta charmante amie… Léna, tu veux boire quelque chose ?

– Léno, corrige Anis.

Restée muette depuis l'arrivée d'Augustin, elle se montre très enthousiaste :

– Avec plaisir !

Pour une fois, elle semble peu susceptible sur son prénom.

Il faut dire qu'Augustin est juste craquant. Grande mèche qui s'affirme naturellement parfaitement placée, sourire enjôleur, sweat-shirt et jean de marque : exactement le genre de type que Léno méprise normalement. Mais avec en plus des yeux saphir qui feraient pâlir de jalousie le plus racé des chats siamois. La jeune fille est sous le charme, Anis au bout de sa vie, et Augustin savoure. Il apporte un verre à une Léno enchantée à l'idée de trinquer à leur avenir commun, mais disparaît tout de suite. Il prend juste le temps de lâcher d'une voix douce :

– Voilà ! Désolé qu'Anis ait manqué à ses devoirs d'hôte, Lén… (il fait traîner le *n* en bouche) …O. Il ne faut pas lui en vouloir non plus, tu sais : malgré tous nos efforts, il a encore du mal à se sentir chez lui ici. C'est un tel changement… Allez, je file, on m'attend en ville !

Anis est furieux. Contre ce petit con qui se la joue devant Léno, contre elle qui se laisse berner, et contre lui-même surtout : il s'est fait humilier sans réagir. Il s'affale sur une des deux chaises longues en teck. Sans le coussin, déjà rangé pour l'hiver, son dos en prend un coup. Léno s'installe sur l'autre. Elle reprend son ami de toujours quand il partage avec elle son ressenti :

– Humilier ? T'exagères ! Augustin a voulu se montrer accueillant, c'est tout.

– Tu vois pas que c'est du cinéma tout ça ?

– Un type qui se montre gentil avec moi, c'est du fake ? Je ne vaux pas le coup, c'est ça ?

– Non, bien sûr que non ! C'est juste que…

Qu'Anis n'aime pas du tout la direction que prend cette conversation. Il n'aurait jamais dû amener Léno ici. Seulement, il n'a pas résisté à sa demande ; il ne résiste jamais à ses demandes ! Quel besoin a-t-il eu aussi de lui parler de la piscine, de la vue sur la mer ? Tout allait mieux quand il gardait sa vie de famille pour lui. C'est comme ça que ça a toujours fonctionné entre eux, pourquoi changer les codes ?

Voilà tout ce qu'il dit en silence à Léno.

Qui semble l'entendre.

– Excuse-moi, je sais pas pourquoi je me suis énervée. Enfin si… Bleuwen est partie ce matin à Fréjus avec son nouveau copain pour trois jours. La grande aventure, quoi ! Et moi, je me retrouve comme une idiote seule à table face au plat de pâtes et à mes deux parents…

Anis pose sa main sur son bras, tout en continuant de bien fixer la mer, au loin devant lui, comme lors de leurs stop-onrefait-le-monde, sur la Promenade des Anglais, les dimanches trop lourds. Et là encore, la parole se libère :

– Soit ils s'engueulent, soit ils s'ignorent. Quoique… ça a l'air d'aller mieux depuis peu. Et c'est encore pire. L'espoir renaît, je souffle, et paf ! Ça va recommencer pour une futilité !

Anis n'est pas très fort en conflits parentaux. Alors il biaise :

– Tu sais quoi ? On devrait se baigner finalement !

– Mais… j'ai pas de maillot, proteste Léno.

– Je t'en file un de ma mère.

– Et elle est froide…

– Tire-au-flanc !

Léno n'a pas le temps de répondre : Anis a juste enlevé ses baskets et a plongé tout habillé dans la piscine.

– Je te confirme, elle est gelée !

Léno, elle, prend la peine d'enlever son jean et son pull avant de plonger en sous-vêtements et T-shirt. Quand, intriguée par le bruit, Valentine ouvre sa fenêtre, elle aperçoit Anis et une fille, à moitié habillés, en train de jouer dans l'eau comme des gamins de dix ans maximum. Elle cherche la bonne phrase à sortir, renonce, regarde de nouveau… et sans plus réfléchir que ça, elle les rejoint dans l'eau.

Valentine est une fille raisonnable : elle a juste pris le temps d'enfiler un maillot et de descendre des serviettes.

*
**

Il est plus de deux heures du matin quand Kim et Zahia ressentent les premiers assauts du sommeil. Kim s'enroule dans sa couette et recale sa tête sur son oreiller. Comme chaque fois que sa meilleure amie vient dormir chez elle, elle lui a cédé son lit et s'est installée au sol sur la chauffeuse. Ce matelas pliable a été conçu pour un enfant et ses pieds en dépassent, mais peu importe : Kim refuse formellement que ses parents s'en débarrassent.

Le lycée, les amis, les profs, les derniers sons de Lomepal (Kim adore) et Roméo Elvis (Zahia est troooop fan !), les parents, les séries, Instagram, les poils qui repoussent trop vite et les cheveux trop lentement (quand ils ne sont pas juste indomptables) : tous les sujets y sont passés.

Ou presque.

Dans l'obscurité protectrice, Kim se lance :

– Zahia, t'as déjà été amoureuse ?

Son amie se penche sur le bord du lit pour la voir :

– Pourquoi tu me demandes ça, Kim ? Tu sais bien que je suis sortie avec Kilian l'année dernière.

– Oui, je sais… mais t'étais amoureuse ?

Cette fois, Zahia s'assoit :

– Toi, t'as un truc à me confier ! Je le savais ! Je le sentais depuis le début de la soirée !

– Comment ça, tu le sentais ?

Cette fois, Kim aussi s'est assise.

– Tu m'as parlé de mascara et de coupes de jean. Depuis quand tu t'intéresses à ça ?

– OK ! Je crois que je suis amoureuse d'un type du ba…

Kim n'a pas le temps de finir sa phrase, Zahia l'interrompt :

– Un type qui s'appelle Anis.

Kim se laisse retomber sur le dos :

– Ça se voit tant que ça ! se lamente-t-elle.

– JE le vois tant que ça, rectifie Zahia. Je te rappelle que je suis ta best. Je te connais mieux que…

… *si je t'avais faite*, a été tentée de dire Zahia. Mais elle s'est retenue à la dernière seconde. Celle qui a « fait » Kim ne la connaît pas du tout. L'adoption est un sujet que Kim aborde très spontanément, mais les deux amies n'ont jamais évoqué l'abandon qui l'a précédée. Ce n'est pas le moment, et pas la peine de se montrer maladroite.

– Mieux que je me connais moi-même.

Zahia soupire de soulagement en silence : elle est fière de sa pirouette. Elle relance son amie sur le seul vrai sujet du jour :

– Vas-y, raconte.

Alors Kim raconte. Comment elle a craqué sur Anis à l'instant même où il lui a adressé la parole, le jour de la rentrée. Comment, depuis, son cœur joue à pile ou face.

Pile, elle va se lancer, elle n'a rien à perdre : au pire elle se fera *friendzoner*…

– Comme Gauthier avec Maya, tu sais qu'il a du mal à s'en remettre ! commente Zahia.

Et elle s'en remettra, justement, ils ne se connaissent pas depuis longtemps. Au mieux… Kim se tait un instant. Au mieux, ils sortiront ensemble et ce sera forcément fantastique, parce qu'il n'est pas seulement craquant physiquement avec ses yeux de biche, il est aussi tellement gentil et drôle…

Face, Kim se raisonne, elle doit être lucide, pourquoi Anis craquerait sur elle alors qu'il est entouré de magnifiques filles comme Céleste ou même Nina ? Léno aussi est très belle, mais entre Anis et elle, c'est de l'amitié pure.

– Et toi, tu te classes dans la catégorie des petits boudins ? la provoque Zahia.

– Non… enfin, je ne sais pas.

C'est de lassitude que sa confidente soupire cette fois. Bruyamment.

– Ah non, Kim, on ne va pas reprendre tout le chapitre… que dis-je, tout le programme de l'année dernière. T'es jolie ma Kiki ! T'as des jambes infinies, une jolie taille fine, ce qu'il faut de poitrine, un superbe sourire, des cheveux indomptables mais épais, alors tu me ranges vite fait cette petite crise, parce que sinon, je m'endors, là, tout de suite, et je te prive de tous mes bons conseils pour conquérir le cœur d'Anis, ce qui serait bien dommage, on est d'accord ?

– On est d'accord, concède Kim qui décide de ne pas revenir sur cette description physique paraît-il avantageuse : des jambes infinies, ça peut paraître bien, murmuré comme ça dans la nuit, mais ça vous situe la tête toujours bien au-dessus du troupeau. C'est pratique pour la vue, mais handicapant en séduction.

Quand elle s'endort finalement une heure plus tard, Kim n'a pas été convaincue par les méthodes d'approche listées par Zahia. Anis rentre du lycée en bus et elle en tramway, ils n'ont aucune raison de faire le trajet ensemble, serrés l'un contre l'autre à cause de l'affluence, comme l'a souligné avec malice Zahia. Elle ne se voit pas non plus se confier à Léno, même si cette dernière connaît parfaitement Anis. Pas question enfin de jouer la pauvre lycéenne éplorée (la cause restait à définir, Zahia a séché sur ce point-là) pour trouver consolation dans les bras de cet ami si prévenant qu'il pourrait en devenir très tendre.

Kim se sent néanmoins beaucoup mieux : maintenant qu'elle a partagé son secret avec Zahia, il va être bien plus facile à gérer, c'est certain.

*
**

Bleuwen est rentrée de son séjour « avec ses amis à Fréjus » quelques heures plus tôt, des papillons dans les yeux et un sourire niais scotché au visage. Il ne la quitte même pas quand elle mange ! Franchement, Léno ne comprend pas comment ses parents peuvent être aveugles à ce point : il est évident que Bleuwen a été métamorphosée par une expérience initiatique, qui n'est pas :

1/ d'avoir eu à cuisiner plusieurs jours pour se nourrir ;

2/ d'avoir passé l'aspirateur dans un appartement avant de le rendre à sa propriétaire.

Le repas s'achève dans une étonnante bonne ambiance, les sœurs débarrassent sans rechigner, avant de monter dans la chambre de Bleuwen. Leur père demande à leur mère ce qu'elle veut regarder à la télé ce soir. Cette scène qui serait jugée d'une niaise et agaçante banalité dans les spots télévisés revêt un caractère exceptionnel chez les Cloarec. Léno confirme à Bleuwen, quand celle-ci lui demande comment ça a été pendant son absence, que la trêve parentale semble en effet durer un peu. Sans s'attarder non plus sur le sujet.

On est bien d'accord, c'est Bleuwen qui a des choses à raconter.

– Aloooooors ? insiste Léno, tout en faisant pivoter la chaise de bureau de son aînée.

– Arrête ça, tu me colles le tournis !

Léno stoppe net :

– Vas-y, balance ! T'es ma grande sœur, je te rappelle : tu as un devoir éducatif envers moi sur ces questions-là.

Allongée sur le ventre au travers de son lit, Bleuwen bascule pour se retrouver sur le dos, les yeux fixés au plafond.

– Je sais pas quoi te dire à part qu'Alex est juste parfait. Il est drôle, il est beau, il est tendre et délicat.

Le mec idéal, quoi. Léno connaît ce phénomène étrange qui déforme la réalité : ça s'appelle l'état amoureux. (Pourquoi l'image d'Augustin s'impose-t-elle à elle à la description de sa sœur ?) Ce n'est pas ce qui intéresse la cadette ce soir. Elle ne se demande même pas si Bleuwen « l »'a fait : c'est évident. Elle veut qu'elle lui raconte…

– Comment c'était ?

Pas besoin de préciser, Bleuwen a pigé.

– OK, qu'est-ce que tu veux savoir ?

– Ça fait mal ?

– Non. Oui. Un peu mais pas longtemps.

– T'as eu peur ?

– Avant, ouais, j'étais impressionnée. Mais plus du tout pendant.

– C'est vrai que c'est…

– Oui ! confirme Bleuwen. C'est magique, c'est doux, c'est fort.

La conversation se poursuit entre les deux sœurs, technique parfois, fuyante aussi, dans les questions aussi bien que dans les réponses, sincère, unique surtout. De ces moments qui renforcent le lien entre sœurs, qui effacent les disputes, les rivalités. Des mots qui n'appartiennent qu'à elles deux.

– T'es pas trop triste maintenant ? questionne finalement Léno.

Bleuwen bascule sur le côté et dévisage sa sœur.

– Pourquoi je serais triste ?

– Ben, tu vas pas le revoir avant un moment !

Léno croit percevoir un mouvement de surprise furtif dans les sourcils de sa sœur. D'une voix assurée, Bleuwen s'explique :

– C'est sûr que c'est pas évident de vivre loin l'un de l'autre. Mais c'est tellement fort entre nous que ça ne m'inquiète pas.

– Quand même, c'est pas rigolo, insiste lourdement Léno.

– Alex va étudier à Nice aussi l'an prochain, on sera ensemble !

Ça tient la route : sa sœur est une amoureuse romantique prête à attendre son prince et faire l'amour toutes les six semaines.

– Vous avez utilisé des préservatifs ? demande-t-elle curieuse.

– Oui, marmonne Bleuwen. T'en parles pas à maman, hein ?

Léno ne daigne même pas répondre ! Maintenant, elle aimerait voir la tête du gars qui a complètement retourné celle de sa sœur.

– On n'a pas pris de photo, lui répond cette dernière à sa requête.

– Tu te fous de moi !

– Non, pas du tout. On n'est pas le genre de couple idiot à se prendre en selfie partout.

Celle-là, Léno ne l'avalera pas. Elle se saisit du téléphone de sa frangine. À défaut de connaître le code, elle voit le cliché en fond d'écran : une vue de la mer, sûrement prise de Fréjus. Hautaine, Bleuwen reprend son téléphone et le déverrouille de son pouce. Puis elle fait défiler les photos devant une Léno ébahie. Au secours ! Un esprit inconnu, étrange et insondable, a pris possession de son aînée !

*
**

Finalement oui, la Normandie lui a manqué ! Ou plutôt le calme de sa campagne. Ce matin encore, Céleste, sa mère et sa sœur sont parties se promener le long des champs.

– Vous avez pas envie de prendre un chien ? lance Céleste.

– Oh oui ! Géniale idée !

L'enthousiasme de sa petite sœur est freiné net par l'autorité maternelle :

– C'est hors de question. Ce sont des sacrées responsabilités. Un animal demande de l'attention, Céleste, tu as dû t'en rendre compte au refuge quand même !

Oui. Les animaux demandent des soins, mangent, urinent et défèquent. Comme les humains. Et ce n'est pas toujours ragoûtant. Comme les humains en fait. Mais Céleste a surtout découvert la force apaisante de leur présence. Elle insiste donc, et se fait rabrouer plus sèchement encore par sa mère.

– Je ne vois pas pourquoi tu insistes ! Tu ne vis plus ici.

– Merci de me le rappeler ! Je pensais quand même que la maison demeurait mon vrai foyer, je me suis trompée.

– N'en rajoute pas !

– J'en rajoute pas.

Un peu quand même, lui signifie une grimace de Lison. Le ton de sa mère s'adoucit :

– Tu vois bien au refuge comme les animaux peuvent être maltraités et délaissés.

– Justement, rétorque Céleste d'une voix qu'elle tente de contrôler, c'est pour cela qu'il faut adopter. C'est gagnant-gagnant pour le chien comme pour la famille d'accueil.

– Dis donc, ils t'ont lavé le cerveau ! s'amuse Lison.

Céleste sourit :

– Non, ils sont sympas, c'est tout !

Elle marque un silence :

– Enfin, presque tous.

– Comment ça ? s'inquiète sa mère.

– Rien du tout ! C'est juste un des employés, le plus jeune, qui n'est pas très causant.

La mère s'arrête net :

– Tu n'as pas eu de problèmes avec lui ?

– Non maman. Je te rassure : je ne l'ai pas harcelé. J'ai bien retenu la leçon.

– J'espère ! s'énerve cette fois sa mère. Car nous avons eu assez de soucis comme ça.

– J'ai tué personne ! tient à rappeler Céleste.

– Parce qu'on ne t'en a pas laissé le temps ! ironise Lison.

Mais sa plaisanterie fait un flop.

*
**

Les cours ont repris depuis une semaine quand l'association Marée verte lance sa grande offensive de nettoyage des espaces verts. Jacques, Romain et Zeina sont en pleine distribution de sacs-poubelle quand Julie proteste :

– Ce sont des sacs plastique pas recyclables !

Zahia, venue soutenir Kim, lui donne un coup de coude discret.

– Dis donc, elle est pas un peu extrémiste celle-là ? s'inquiète-t-elle.

Kim confirme d'un mouvement de tête. Romain, lui, n'est pas d'humeur à pinailler :

– Tu sais quoi, Julie ? La prochaine fois, tu t'occupes du matériel et tu nous ramènes des poches en papier.

Julie capitule et sourit : il y a du travail et pas de temps à perdre. Surtout que, malgré les nombreuses affiches placardées dans le lycée, les quelques volontaires venus grossir les rangs de l'association se comptent sur les doigts d'une main.

Allez, de deux peut-être ! se motive Zeina avant de lancer les troupes à l'offensive.

L'ennemi n'oppose aucune résistance, mais il est en nombre, et la progression est relativement longue. Heureusement, les renforts finissent par arriver : quelques élèves se sont découvert un sursaut de conscience écologique ou solidaire, voire les deux ! Ils apportent un précieux coup de main, les sacs-poubelle se remplissent à vue d'œil au fur et à mesure que la nature reprend de sa superbe.

C'est en tout cas la formule que Jacques utilisera quand il fera le résumé de l'opération sur le compte Facebook de l'association, photos à l'appui.

Kim a une vision moins lyrique du moment, mais tout aussi satisfaisante : l'opération est efficace.

– Tu peux être fière de ton idée, ma Kiki ! s'emballe Zahia.

C'est en effet une double réussite : les effets sont clairement visibles et les volontaires spontanés se montrent très motivés. Certains posent des questions sur les opérations à venir et s'affirment prêts à s'engager. Julie jubile : il faudra du monde pour secouer les consciences !

Kim se rapproche discrètement de Zahia et l'invite d'un mouvement de menton à regarder sur sa droite. En effet, le spectacle vaut le coup d'œil : un sac-poubelle tenu du bout des doigts dans une main, Nina a son téléphone dans l'autre et cherche apparemment le meilleur angle de vue pour immortaliser sa participation. Encore quelques instants pour tourner son visage exactement comme il le faut, et la publication est sur Instagram : J'en suis ! Et toi ? #lycéepropre #Maréeverte #j'aime la nature elle me le rend si bien.

– Quelle crâneuse ! lâche Julie. Tout est bon pour se faire mousser.

– Laisse-lui une chance ! proteste Zeina. Elle est populaire et va nous ramener du monde. Et puis, elle aide vraiment.

À cet instant précis, Julie, Kim et Zahia éclatent de rire. En effet, Nina vient de laisser tomber son sac-poubelle à ses pieds, au milieu de la *nature qui lui rend si bien*. Elle n'a pas pris soin de bien le fermer, et quelques papiers retrouvent la pelouse.

– C'est pas tout ça, mais j'ai tellement à faire ! lance-t-elle. La prochaine fois que vous faites une opération comme ça, prévenez-moi à l'avance. Je viendrai bien sûr encore vous aider, mais je vous ferai aussi de la pub avant. Si je suis avertie, ça peut vraiment faire la différence.

Nina a appuyé sur le « vraiment » : elle ne sauvera peut-être pas la planète par ses gestes, mais elle pourrait intégrer un programme de téléréalité sans casting. Elle en a tous les tics de langage.

– Elle était au courant, s'étonne Kim. On a placardé des affiches partout.

– C'est vrai, mais madame attendait son invitation VIP ! plaisante Julie en imitant l'intonation hautaine de Nina.

Zeina rit de nouveau : c'est bien vu. Kim, elle, esquisse un sourire. Elle en connaît d'autres qui ont eu leur invitation personnelle (par elle !) et qui ne sont pas là. Céleste a fait une apparition puis est partie au bout de vingt minutes : elle avait un devoir à finir. Anis et Léno n'ont pas pointé le bout du nez. Kim est doublement déçue : elle espérait impressionner le garçon qu'elle aime en secret par son engagement, et voilà qu'elle se questionne carrément sur leur amitié. Si elle comptait pour eux, ils auraient fait l'effort de l'aider, non ?

*
**

Debout, le plateau dans les mains, Anis presse son amie :

– Léno, qu'est-ce que tu fiches ? Je te rappelle que Kim nous attend.

Comme toute réponse, Léno colle son doigt contre sa bouche pour intimer à Anis de se taire. Puis ce même doigt se retourne et pointe, au-dessus de l'épaule de Léno, la table juste derrière eux. Anis reconnaît Bleuwen. Son amie se résout à lui donner quelques explications.

– Rassieds-toi ! J'écoute ce que ma sœur raconte à sa meilleure amie.

– Et qu'elle raconte d'ailleurs sûrement à elle seulement. Pourquoi tu fais ça ?

Léno déteste quand Anis affiche ce visage moralisateur, menton et sourcils légèrement relevés. Mais cette fois, elle ne se laisse pas impressionner.

– Écoute Anis, c'est trop bizarre ! Bleuwen vit une grande histoire d'amour avec l'homme invisible, je dois en savoir plus.

– Comment ça, l'homme invisible ?

La curiosité d'Anis est piquée, il le reconnaît. Alors Kim attendra… un peu ! Il se rassied et écoute attentivement le récit de Léno : Bleuwen est partie trois jours en vacances seule avec son mystérieux petit ami, elle a « fait le grand pas », mais ne possède aucune photo de lui.

– Sur le coup, j'ai trouvé ça cool. Mais plus j'y pense, plus je me dis que ma frangine me cache quelque chose. Avoue que c'est suspect ! conclut Léno.

Et Anis avoue.

– Surtout quand on se voit rarement, insiste-t-il. Mais tu crois que c'est en espionnant Bleuwen que tu vas en apprendre plus ?

Cette dernière et son amie viennent de se lever et de partir, sans un regard pour la petite sœur et son copain. Quant à Léno, elle refuse de se justifier, alors elle fait diversion :

– Tu crois qu'il a quelque chose à cacher ? Genre… un de ces affreux anneaux noirs qui font des trous immenses aux oreilles ?

– Ou un tatouage sur le front !

Les deux amis rient. Ils se lèvent et se dirigent vers l'endroit où l'on trie le contenu des plateaux avant de les déposer. Léno affiche de nouveau un air faussement sérieux :

– Ou alors il est carrément moche.

– Ça ne serait pas grave, le physique, ça ne compte pas tant que ça, non ?

– Non, bien sûr que non ! approuve faussement Léno. Enfin, quand même un peu…

Elle pense à Augustin. Comment amener le sujet sur lui sans attirer les soupçons d'Anis ? Elle n'a pas l'occasion de pousser la réflexion plus loin, Alexandre, un surveillant, l'interpelle :

– Dis donc, ton plateau !

– Qu'est-ce qu'il a, mon plateau ?

Léno jette un coup d'œil sur le plateau qu'elle vient de glisser sur le grand chariot. Rien à signaler.

– Tu as laissé au moins la moitié de la nourriture.

Effectivement, Léno a rendu une assiette bien remplie. *Comme souvent*, songe Anis.

– Faut croire que soit j'avais pas vraiment faim, soit c'était vraiment pas bon, annonce-t-elle, une pointe de défi dans la voix.

– Tu gaspilles et tu en es fière ? la relance le surveillant.

Silencieux et sceptique, Anis assiste à l'échange. À quoi joue Léno ? Et qu'est-ce que ce type lui cherche ?

– Envoyez votre réclamation à mes parents.

Le surveillant hausse les épaules et tourne les talons.

– Quel con ! lâche Léno, après s'être assurée que le « con » était suffisamment loin pour ne pas l'entendre. Pour qui il se prend ?

Anis hésite puis se lance :

– Il n'a pas tout à fait tort : tu gâches souvent de la nourriture. Tu devrais peut-être…

– Peut-être quoi ?

– Rien !

Léno le défie du regard :

– Si. Va au bout de ta pensée.

– Certains jours tu te goinfres, d'autres tu jeûnes quasiment.

Anis ne sait pas où il a trouvé le courage d'exprimer ses pensées, mais il est soulagé d'avoir osé.

– Faut croire que…

Léno cherche ses mots. Elle ne veut pas montrer à son confident de toujours qu'il vient de mettre le doigt sur un sujet sensible :

– Faut croire que certains jours j'ai faim, et d'autres non !

Anis comprend qu'il ne faut pas insister, et propose qu'ils aillent rejoindre Kim.

– Et l'aider cinq minutes à peine, juste pour nous montrer ?

– C'est ridicule, on l'aidera la prochaine fois, tranche Léno.

Et Anis acquiesce, même s'il n'est pas tout à fait d'accord.

*
**

Kim n'a pas dit à ses amis que leur absence à l'opération de nettoyage l'avait déçue. Blessée même.

Anis n'a plus évoqué devant Léno son comportement alimentaire.

De son côté, celle-ci veille à adapter la quantité de nourriture à son appétit, apparemment petit en ce moment.

Aucun des trois n'a complètement tourné la page, le grief a été ajouté à la liste des « ça m'énerve », « je suis déçue », « une fois de plus ». La page était vierge pour Kim, le carnet déjà bien rempli pour Anis et Léno. C'est cela aussi, l'amitié, ces couleuvres qu'on avale, ces mots qui nous blessent et qu'on ne relève pas, ces silences qui nous brûlent et qu'on ne brise pas. Ce n'est pas grave, ils sont notés page de gauche. Page de droite, pas de phrases sentencieuses, mais des dessins des moments magiques, des graffitis de fous rires, des gestes d'affection, des galères qui se transforment en souvenirs aussi inoubliables qu'inracontables : les mots leur ôteraient toute leur saveur.

Ce matin, le trio fait le dos rond en français. Leur professeur est décidé à faire profiter toute la classe de sa mauvaise humeur. Alcatraz balance les copies du dernier devoir sur table et distribue généreusement les réflexions blessantes. Pour l'instant, c'est Thomas qui a le droit à une double dose d'acide.

– Citer Marc Levy dans une copie de français, c'est juste… affligeant.

– Pourtant, il est écrivain, hasarde le garçon.

L'argument tient la route, mais pas celle qu'emprunte le professeur :

– Votre mère fait sûrement des gâteaux délicieux, et pourtant, elle n'est pas pâtissière, n'est-ce pas ?

Nina pouffe. Elle n'y tient plus et sort en douce son téléphone portable.

– Non, marmonne le garçon tête baissée. Mais…

– Mais quoi ? Allez, argumentez ! À défaut d'y être parvenu dans votre copie…

Thomas opte pour le silence. Il doit attendrir sa voisine, Camille, qui se lance à sa rescousse :

– Monsieur, les livres de Guillaume Musso sont au CDI, ça montre bien que c'est…

– C'est quoi ? la relance le professeur, visiblement ravi de changer de victime.

Comme les autres élèves, Anis, Kim et Céleste assistent, sidérés, à cet échange. Nina pianote le plus discrètement possible sur son téléphone.

– De la littérature, annonce son élève d'une voix claire. madame Valdher affirme que chaque lecteur a un livre qui l'attend quelque part.

Le rire sarcastique du vieil homme traverse la classe comme un mauvais courant d'air.

– Ah d'accord, madame Valdher vous propose de lire Musso en vous promettant qu'un livre vous attend. (Il marque un théâtral temps de silence.) Eh bien, madame Valdher devrait se contenter de réparer les livres abîmés et laisser ceux qui en sont capables parler de littérature.

– Monsieur, quand même…, ose d'un filet de voix Camille.

– Monsieur quoi ? la défie l'homme.

Face au silence de son élève, il affiche un grand sourire. L'heure se termine dans une ambiance lourde. À peine le prof parti, quelques élèves sortent leur téléphone. La nouvelle publication de Nina est en ligne : Thomas et Camille bâchés par Alcatraz #je suis en seconde et je lis toujours la Bibliothèque rose.

– C'est quoi la Bibliothèque rose ? demande Kim.

Élisa, une disciple de Nina, se retourne :

– Me dis pas que t'as jamais lu la Bibliothèque rose ? s'offusque la jeune fille. Tout le monde connaît ça.

La pointe d'ironie dans sa voix agace Céleste :

– Peut-être pas en Côte d'Ivoire, tu vois.

– Qu'est-ce qui se passe ici ?

En entendant la voix de Nina, son caniche se redresse sur ses papattes :

– C'est Kim, elle a pas compris ta référence à la Bibliothèque rose.

Nina se contente d'un léger sourire.

– Et moi, ce que je ne comprends pas, reprend Céleste, c'est comment tu peux t'amuser à enfoncer deux personnes qui se sont déjà fait massacrer.

Les lèvres de Nina se serrent, elle affiche une moue aussi moqueuse qu'interrogative :

– Dis donc, madame la justicière, c'est mignon de me taper un scandale maintenant, mais si tu étais si outrée par la séance de torture qu'Alcatraz a infligée à nos amis, pourquoi tu n'es pas intervenue pendant le cours ? Camille a osé, elle. Elle s'est fait ratatiner, mais elle a osé.

Céleste gratifie la remarque d'un haussement d'épaules. Kim regarde Anis : il semble de son avis, Nina n'a pas tout à fait tort sur ce coup-là. Mais il ne semble pas non plus disposé à donner son point de vue.

Tout l'après-midi, Céleste ressasse la réflexion de Nina. Cette peste l'a vexée, c'est un comble ! Aurait-elle touché un point sensible ? Au collège, Céleste était la première à monter au front pour défendre un camarade face à une injustice. Son professeur d'histoire l'avait même surnommée Danton, comme le révolutionnaire. C'est dire.

À l'époque, la collégienne ne craignait ni les remarques en retour ni les éventuelles sanctions si elle poussait le bouchon trop loin. (Et ça lui serait arrivé à plusieurs reprises, du moins de l'avis des profs.) La lycéenne serait-elle devenue peureuse ?

Non. Céleste ne s'est pas retenue de peur de s'attirer de nouveau des ennuis. Elle ne craint pas Alcatraz. En tout cas, pas tant que ça... Elle en est persuadée, c'est un roquet : il aboie beaucoup mais ne mord pas.

Plus que la trouille, c'est l'indifférence qui l'a réellement retenue.

Tandis qu'Alcatraz enchaînait les remarques blessantes, Céleste s'est dit que c'était tant pis pour Camille et Thomas, ils n'avaient qu'à se défendre.

Exactement le genre de pensées qu'elle n'aurait jamais eu avant.

Il faut croire qu'elle a vraiment beaucoup changé. Depuis la rentrée, elle s'en réjouissait. Sa vie est plus légère sous le ciel bleu de Nice. Céleste secoue la tête : non, elle ne peut pas laisser les doutes l'envahir. Ne pas être intervenue (comme tous les autres élèves à l'exception de Camille !) ne fait pas d'elle une lâche ou une garce comme Nina.

*
**

Une porte claque dans le couloir, l'onde de choc se propage et l'attrape-rêve cloué au-dessus du lit de Léno tressaute. Il porte la mauvaise nouvelle : la trêve parentale est finie. La dispute a pris au rez-de-chaussée, leur père a fui à l'étage, son épouse l'a suivi jusqu'à la chambre conjugale. Léno a entendu leurs pas pressés dans l'escalier. Elle replace son attrape-rêve en soupirant et se reproche sa naïveté : comment a-t-elle pu espérer – croire même ! – que cette fois les soucis étaient derrière ?

Bleuwen, qui vient la rejoindre, se laisse tomber au bout du lit.

– On dirait que c'est sérieux.

Et en effet, de « sérieux » reproches traversent la cloison. Les deux sœurs n'entendent pas tout, mais pas besoin de sujet-verbe-complément pour comprendre le fond de l'histoire.

Leur père a une maîtresse. (Ça, c'est nouveau !)

Avec qui il a gardé le contact malgré les… (Ah non, pas si nouveau que ça finalement !)

Bleuwen et Léno n'ont pas entendu la fin de la phrase mais en ont compris le sens global. Leur père est infidèle, ça ne date pas d'aujourd'hui, et ça explique l'ambiance pourrie qui règne dans cette maison depuis quelque temps.

– Voilà pourquoi maman n'arrêtait pas de se plaindre de papa, commente Léno. Elle aurait mieux fait de nous dire ce qui se passait.

– C'est vrai, on n'est plus des gamines ! ajoute Bleuwen.

Léno attrape son vieil âne en peluche et se recroqueville sur lui. Du bout des doigts, elle triture ses oreilles élimées. Bleuwen a raison, elles ne sont plus des enfants, et pourtant, en imaginant son père embrassant une autre femme, Léno se sent haute comme trois pommes.

– Quand même, quel salaud…, murmure sa sœur.

– Tu crois qu'ils vont divorcer cette fois ? s'inquiète Léno.

Son aînée endosse son rôle avec dignité, elle se glisse près d'elle et pose son bras sur ses épaules.

– Non, je crois pas, t'inquiète.

À ce moment-là, dans la pièce voisine, une voix grave entame le deuxième couplet de la dispute. Leur père se défend en attaquant à son tour : « Depuis quand tu fouilles dans mon téléphone ? » « Je t'ai dit que c'est elle qui est venue me rechercher ! » « Si tu me faisais plus confiance, si tu râlais moins… » Si, si…

Avec des « si », il mettrait son infidélité en bouteille. Un bouchon bien enfoncé dans le goulot, on balance le tout à la mer et on n'en parle plus. Mais l'épouse bafouée ne l'entend pas de cette oreille.

– Tu prends tes affaires et tu dégages !

Elle a bien articulé et les filles ont tout entendu cette fois.

– Je te rappelle que je suis chez moi dans cette maison autant que toi, hors de question que je m'en aille.

Léno est soulagée. Du moins, elle le croit. Bleuwen se détache d'elle.

– S'cuse-moi sœurette, faut que j'aille bosser.

Léno en mettrait sa main au feu : bosser, dans ce cas précis, signifie appeler Alexis ou Emma, sa meilleure amie. L'idée est bonne. Sauf que Léno ne se confie pas sur sa vie de famille à ses amis. (Il lui semble qu'elle ne le ferait pas non plus à un petit ami, mais de toute façon, elle n'en a pas.) Elle a des principes, et ce n'est pas parce que son père est une ordure qu'elle va y déroger.

À cet instant précis, un bruit sourd l'informe que la dispute a pris une nouvelle tournure. Sans plus y réfléchir, Léno sort de sa chambre et se précipite dans celle de ses parents. La penderie est grande ouverte, la lampe de chevet est au sol, certainement renversée par la valise-cabine rigide qui gît à côté. Celle que son père utilise quand il part en déplacement pour un jour ou deux. Où ça d'ailleurs ?

Une seconde, ses parents se figent et l'observent. De même, leurs regards se portent conjointement sur Bleuwen qui arrive juste derrière, alertée elle aussi par le raffut. Puis leur mère reprend les hostilités :

– Explique à tes filles comment tu as bousillé nos vies !

– Ce n'est pas le moment ! proteste l'accusé.

Sa voix s'adoucit quand il se tourne vers ses enfants :

– Mes puces, je vais vous expliquer, c'est… c'est pas grave… C'est maman qui a mal com…

– Maman qui quoi ? s'étrangle presque Léno. C'est toi qui as une maîtresse, non ?

Voilà, c'est sorti et ça fait du bien.

– C'est pas si simple, tente son père, penaud.

Mais Léno ne l'écoute pas. Elle est retournée dans sa chambre, elle ramasse le cabas qui contient ses cours, le vide sur le sol, attrape un pull, son déodorant, des sous-vêtements, un foulard, le chargeur de son portable, fourre le tout dans le sac. Puis elle ramasse son téléphone sur son lit, prend sur son bureau sa carte de transport et part, sans un mot pour Bleuwen et sa mère qui l'ont suivie et lui demandent en vain où elle va. Elle passe devant la chambre de ses parents sans un regard. Si elle avait tourné la tête, elle aurait vu son père assis au bout de son lit, le visage dans les mains, en train de pleurer sur cette vie de famille qu'il a jugée si souvent trop rangée et qui lui échappe.

Et maintenant ? Une fois dehors, Léno se sent tout à coup épuisée et idiote. Pour que ses parents ne la rattrapent pas, elle remonte rapidement la rue en direction de la station de tramway. Elle est tentée un instant d'appeler Anis. Elle sait qu'elle n'aurait aucune explication à lui donner, il lui suffirait de lui dire qu'elle est partie de chez elle. Mais elle n'a pas envie qu'Augustin la voie dans cet état. Le prochain tramway est dans une minute, ça lui laisse peu de temps pour réfléchir.

Il est vingt et une heure, elle ne va pas traîner dehors toute la nuit. C'est alors qu'elle songe à Céleste. Elle doit pouvoir l'accueillir dans son studio. Allez, elle tente le message.

Céleste, me suis barrée de chez moi. T'expliquerai. Je peux dormir chez toi ?

La réponse ne se fait pas attendre :

OK attends-moi devant. Je mange chez mon oncle, je rentre dès que je peux.

*
**

C'est vrai, Céleste doit normalement demander la permission à son oncle pour recevoir du monde chez elle. Surtout pour la nuit complète, ce qu'elle n'a encore jamais osé. Mais là, au cœur de ce joyeux repas de dimanche soir, elle ne se voit pas lancer : « Au fait Nico, je peux inviter une amie ce soir ? Je sais que je suis supposée te prévenir bien avant et qu'on a cours demain, mais vois-tu, elle s'est barrée de chez elle. » Franchement, ça le fait pas, non ? On est d'accord. Alors pour une fois, elle ne va rien dire et ça ira comme ça. Après tout, c'est la première fois qu'elle ne respecte pas le contrat depuis son installation. Et c'est un cas de force majeure.

La nièce veille donc à afficher une mine préoccupée. Et ça marche :

– Ça va Céleste ? lui demande sa tante Fanny. Tu as l'air soucieuse tout à coup.

– Ouais, c'est que (air penaud cette fois) je viens de recevoir un message d'une fille de ma classe, et ça m'a fait réaliser que j'ai carrément oublié de faire un devoir de maths pour demain.

Excuse imparable, non ?

Non…

– Si tu veux, je vais t'aider ! s'enthousiasme Nicolas. (Il bombe le torse.) Je touchais ma bille en maths au lycée.

Heureusement Rose, très à cheval sur les règles, fait diversion :

– Céleste je te rappelle qu'on ne doit pas regarder son téléphone à table !

– Cafteuse ! s'offusque Lune avant d'opter pour une téméraire ligne de défense de sa cousine : Papa, il le fait tout le temps.

– Même pas vrai ! se défend Nicolas qui en oublie son niveau de maths.

Son épouse grimace, pas convaincue. Céleste en profite :

– Fanny, je suis désolée, mais j'ai plus très faim, je vais y aller. À très bientôt.

Elle est déjà debout et distribue les bises… et les bisous sur les joues douces et rebondies. Alors qu'elle atteint le couloir, Fanny l'interpelle :

– Céleste, viens ici.

Le ton ne souffre pas la discussion, Céleste grimace et s'exécute. Elle va devoir s'enfoncer dans son mensonge pour convaincre sa tante. Mais cette dernière lui tend un paquet enveloppé de papier d'aluminium :

– C'est un morceau de mon fondant au chocolat, au cas où l'appétit te reviendrait une fois les équations résolues.

Le sourire de Céleste lui confirme qu'elle a vu juste.

Cinq minutes plus tard, les deux filles sont installées sur le canapé-lit du studio. Léno n'attend pas que son amie la questionne pour lui expliquer les motifs de sa fugue : sa mère vient de découvrir que son père la trompait et l'ambiance est irrespirable chez elle.

Et quand c'est irrespirable, on est bien d'accord, on ouvre la fenêtre en grand et on se sauve !

– Tu devrais peut-être leur dire que tu es là ? tente Céleste.

Mais son amie se braque :

– Si tu veux que je reparte, dis-le-moi direct. Mais je ne les laisserai pas venir me chercher.

Céleste est tentée de l'informer qu'elle n'a pas interrompu une bonne soirée et désobéi à son oncle pour subir sa susceptibilité, mais Léno est en état de choc, et Céleste aurait pu formuler elle-même ce genre de remarque, alors elle se montre conciliante :

– Non, c'est pas ce que j'ai voulu dire, c'est juste qu'ils doivent s'inquiéter et…

Et Céleste sait ce que c'est, des parents inquiets. Ça fonctionne, Léno comprend et cède :

– OK je fais un message à Bleuwen pour lui dire que je dors chez une amie et qu'il ne faut pas venir me chercher. Ça te va ?

Pour toute réponse, Céleste déballe le gâteau. À peine le papier ouvert, la bonne odeur envahit la pièce. La part est très généreuse (merci Fanny !) et chacune en déguste un bon morceau.

– Oh my God, ta tante sait faire les fondants ! s'exclame Léno. Ça fait longtemps que ma mère ne nous a pas préparé une tuerie pareille.

Sa mère… Un voile triste traverse le regard de Léno. Sa copine pose son assiette, et dégage d'un revers de main les miettes tombées sur son large gilet. Direction le sol !

– Tu veux m'en parler ?

Léno soupire :

– Y a pas grand-chose à dire, mes parents se font la gueule depuis des mois et je viens d'apprendre pourquoi : mon père a une maîtresse. Je suis furieuse contre lui et…

– Tu sais, ça peut s'arranger.

– Tu crois vraiment ?

– Oui, j'ai vu ça chez… ma tante, la sœur de ma mère. Ah, et puis du côté de mon père aussi. Même deux fois, là ! Ma tante a trompé son mari mais est restée avec lui. Son frère, lui, a été cocu. Il a fini par partir.

– Dis donc, c'est animé chez toi ! sourit Léno en se redressant.

– C'est vrai, et encore, tu sais pas tout ! renchérit Céleste, contente de divertir son amie.

Mais elle se ressaisit vite : elle n'a pas envie de parler de sa famille. Pas encore.

– Ça te dit qu'on se mate une série ?

– Carrément !

À ce moment-là, les deux téléphones bipent. Léno a un message de sa mère :

Bleuwen nous a dit que tu étais chez une amie. Appelle-moi si tu veux que je vienne te chercher.

Un autre de sa sœur :

Papa est resté finalement, il dort dans le bureau. Ambiance glaciale mais calme.

Céleste, elle, a un message de son oncle :

Alors, ces maths ?

*
**

Une amitié solide résiste à la dispute, à la jalousie, à la lassitude, à la trahison aussi parfois. Si, en plus, elle survit à une nuit dans un canapé-lit où l'amie en question se retourne, tire la couette à elle, sursaute parfois, le tout dans un sommeil si profond qu'on lui demande en vain d'arrêter tout ça, alors cette amitié est indestructible.

Seulement, là, maintenant, Céleste n'est plus convaincue du tout que Léno soit son amie. On en reparlera demain matin, elle est d'accord. À trois heures du matin, écrasée par la fatigue, elle a perdu toute objectivité et sens de la mesure.

Lasse de chercher le sommeil tout en bataillant pour garder un peu de place et de couverture, Céleste se lève. Elle attrape le plaid qui gît sur le sol, s'enveloppe dedans et s'installe dans le vieux fauteuil club en cuir aux accoudoirs élimés, qui fait face au canapé-lit. Elle s'y recroqueville, pose sa tête sur le dossier du siège comme elle le faisait, petite, contre le cœur de son papa, et invite le sommeil à venir la cueillir : elle est prête.

Sauf que ça ne marche pas.

À la place, ce sont les souvenirs qui rappliquent. Et pas les bons. Céleste se revoit au collège, ce maudit jeudi de mai. Elle qui a longtemps cru que son cerveau avait effacé les événements de ce jour revit chaque instant avec une précision glaçante. Elle revoit, dissimulés derrière l'abri à vélos, Fabrice et David qui fument en douce juste sous le nez des surveillants, à quelques mètres à peine de l'entrée du collège. Madame Peyroux, la CPE, qui s'y reprend encore à plusieurs fois pour garer sa voiture, toujours en marche arrière (ce qui dans un stationnement en épi n'est ni le plus logique ni le plus évident). Les élèves qui s'amusent à imiter le bip inquiet de son radar de recul pour la troubler un peu plus.

Ce jour-là, Céleste a traversé toutes ces saynètes sans les voir, trop concentrée à chercher Léo. Mais il était invisible. Elle s'est donc décidée à entrer dans le bâtiment. Le garçon n'était ni dans l'agora ni dans les deux allées qui la longent à l'étage, où quelques élèves avachis sur la rambarde regardaient ceux d'en bas sans les voir.

Tant pis. Après tout, elle répétait son discours depuis la veille au soir, elle pouvait attendre encore un peu avant de le prononcer : aucun risque qu'elle l'oublie.

Léo était au milieu de ses copains quand elle l'a enfin repéré devant la salle du premier cours, et il a refusé de se mettre à l'écart pour discuter avec elle.

– J'ai rien à te dire, que ce soit devant mes potes ou seul, a-t-il même ajouté, bras croisés et menton haut.

– Ça tombe bien, j'ai pas l'intention de t'écouter, a-t-elle répliqué. C'est moi qui ai des trucs à te raconter.

Mais le garçon a haussé les épaules et il est entré dans la classe. L'arrivée du prof a annoncé le début du cours et la fin des hostilités. Durant la pause du matin, à la cantine, la même mauvaise scène s'est rejouée. Céleste a essayé d'approcher le garçon, il a fui, il a ricané. Ses amies ont tenté de la tenir à distance : ça ne servait à rien de le poursuivre, c'était juste un sale mec, un crétin, un pauvre type, il ne méritait pas qu'elle s'épuise pour lui. Seulement, ça n'a pas fonctionné : moins Léo la considérait, plus la colère de Céleste augmentait.

C'est le phénomène des vases communicants, ils l'ont étudié en cours de sciences physiques.

Le problème, c'est qu'un vase trop plein déborde. Surtout quand la dernière goutte est très grosse.

Céleste a interpellé Léo, une fois encore, à l'intercours de quatorze heures cinquante-cinq, tandis qu'ils remontaient l'un des couloirs qui longent l'agora. Alors Léo s'est retourné et lui a balancé, fier de lui :

– T'as rien de mieux à faire que de me suivre ? Je sais pas, moi, genre aller te pendre ?

Et là, le cerveau de Céleste a disjoncté. Elle s'est précipitée sur Léo, ils ont reculé tous les deux jusqu'à la rambarde d'un des couloirs qui longent l'agora, et elle l'a poussé.

Avec force et détermination.

Sans hésitation ou perte de contrôle.

C'est ce que conclura le juge.

Léo est parti vers l'arrière. Céleste se souvient maintenant s'être dit qu'il en avait dans la tête finalement, puisque celle-ci entraînait tout le corps dans sa chute. Ce n'était même pas de l'humour noir, juste un constat dépourvu de toute émotion. Elle se rappelle également n'avoir éprouvé aucun regret ou aucune inquiétude sur l'état de santé du garçon. C'est venu plus tard. Quand elle a réalisé la portée de son geste.

Par contre, elle se revoit parfaitement se pencher à son tour au-dessus du vide et fixer longuement le visage endormi de Léo, sans réagir.

Une indifférence qui a fait toute la différence. Impossible ensuite de plaider l'accident malheureux, même si les amies de Céleste ont toutes témoigné dans ce sens devant les policiers qui interrogeaient les élèves présents. Du moins, elles ont essayé, avant de reconnaître qu'effectivement, Céleste était très en colère. Toutes avaient entendu Léo lui suggérer d'aller se faire pendre, et l'ont bien répété. Étrangement, pas un copain de Léo, pourtant bien plus près de lui, n'avait entendu la réplique.

Léo, lui, est resté inconscient de très longues minutes, mais n'a eu aucune séquelle neurologique. Il s'en est sorti quand même avec une très impressionnante fracture ouverte du genou et une jambe en équerre qui a occasionné plusieurs pertes de connaissance chez les élèves présents. Heureusement, la scène ne s'est pas déroulée alors que l'agora était bondée.

Céleste déplie ses jambes, tourne le buste et se cale de l'autre côté dans le vieux fauteuil. Elle frissonne, mais pas de froid.

Une fois la stupeur passée, elle a compris très vite que ce qu'elle avait fait était très grave et aurait de lourdes conséquences.

Pour Léo. Quand le garçon a repris conscience, son cri de douleur a déchiré le silence de la cour. Évacué en urgence par les pompiers, il a été opéré à l'hôpital de Rouen. Il est ensuite resté plus d'un mois alité dans une chambre d'hôpital, où tout le collège ou presque est venu rendre visite au miraculé. Car il aurait pu mourir, être handicapé à vie, tétraplégique même. Nombreux sont ceux qui l'ont répété avec véhémence à Céleste.

Pour elle aussi les conséquences seraient lourdes. Céleste n'était pas arrivée ce matin-là au collège avec le projet de blesser Léo, encore moins de le tuer. (Même si, en toute honnêteté, elle estimait alors que c'était tout ce qu'il méritait.) Elle voulait juste le mettre face à ses actes et à ses paroles. Lui montrer comme il avait fait exploser une vie. (Oui, c'était une banale histoire d'amour entre collégiens au départ.) Depuis, elle devait vivre avec ce qu'elle avait fait, et ce que les autres en pensaient.

Ses parents étaient en panique quand ils l'ont rejointe au commissariat de police. Sa mère ne parvenait même pas à la regarder tandis que le policier leur expliquait la suite des opérations. De retour chez eux, leurs mots ont été très durs à son encontre. Céleste entend encore leurs reproches lui cisailler les tympans : elle les avait déçus, ils ne s'en remettraient pas, elle avait agi à l'opposé de leurs valeurs.

Grâce à la bienveillance du principal, elle n'a pas été exclue du collège tout de suite. Elle devait passer le brevet à la fin du mois de juin, et il ne fallait pas la priver de l'épreuve : son geste n'avait rien à voir avec sa scolarité. Elle ne serait pas renvoyée avant qu'ils aient trouvé l'établissement qui voudrait bien l'accueillir. La mission s'est révélée très compliquée alors que juin annonçait l'imminence de la fin de l'année scolaire.

Cependant, il est vite apparu que sa présence en cours devenait impossible. Tout le collège était au courant de ce qu'elle avait fait. Même si personne n'avait filmé la scène, qui s'était déroulée très vite, quelques paparazzis en herbe avaient sorti les portables, et la vidéo de Léo hurlant, le tibia à angle droit contraire à l'angle naturel, avait été visionnée même par les âmes sensibles.

Des justiciers ont bousculé Céleste, des courageux de loin l'ont insultée après qu'elle les avait croisés. Ses amies mêmes se tenaient à distance : c'était devenu trop dangereux de la soutenir. Et compliqué aussi : Céleste ne semblait pas prendre la mesure de ce qu'elle avait fait, refusant absolument d'en parler. Quant aux élèves des classes inférieures, ils avaient carrément peur d'elle.

Au bout d'une semaine, le principal a appelé les parents de Céleste : elle resterait désormais chez elle. Elle était exclue officiellement pour une période qui s'arrêterait juste avant les épreuves du brevet. La sanction, nouvelle en son genre, n'était pas très conventionnelle, mais il serait bien temps que l'Inspection nationale s'en mêle quand tout serait fini. Ce principal était décidément un gars bien.

C'est seulement quand elle s'est retrouvée devant le juge pour enfants que Céleste a enfin réussi à mettre des mots sur ce qu'elle avait fait et ressenti ce jour-là. Bien sûr, elle a exprimé tous ses remords, propos soigneusement préparés par l'avocat auquel ses parents avaient fait appel pour la défendre.

Maître Rohart était un vieux monsieur. Son double menton était si imposant que Céleste a eu du mal à chasser l'image d'un pélican en le voyant. Puis elle a apprécié sa voix grave et réconfortante à la fois. Il a formulé la volonté de la rencontrer seule. Les parents de Céleste, d'abord réticents, ont accepté : l'homme avait une réputation qui dépassait de loin les prairies normandes. À lui, elle a confié les raisons de sa colère, son débordement. Il a tout écouté patiemment, sans jamais l'interrompre ou la juger. Ensuite, seul face à elle, il lui a expliqué la gravité de ses actes. Il a trouvé les mots : ce n'était pas juste une question de loi. Certes, il est absolument interdit de balancer son ennemi par-dessus une balustrade parce que c'est très dangereux pour lui et qu'on ne se fait pas justice soi-même, mais c'est aussi soi-même qu'on attaque quand on s'en prend à autrui.

Ensemble, ils ont préparé sa défense et se sont présentés devant le juge, et les parents de Léo. Celui-ci, encore hospitalisé, a apporté son témoignage par une vidéo qu'il avait voulue émouvante au possible : sa vie était fou-tue. Il surjouait tellement les victimes qu'en l'écoutant, la seule chose que Céleste a pu se dire, c'est que s'il avait comme prénom celui de

DiCaprio, il n'en aurait jamais le talent. Prudente, elle a penché la tête pour cacher son indifférence et les parents de Léo s'y sont en effet laissé prendre :

– C'est trop tard pour que tu manifestes de la honte et des regrets ! a crié la mère.

Le juge lui a demandé de la retenue, à défaut il devrait la faire sortir de son bureau. (L'audience s'y déroulait à huis clos, son méfait étant majeur, Céleste, elle, demeurait mineure.)

Il était juste, ce juge. Sévère, mais juste : il a écouté tout le monde puis a condamné Céleste à deux cents heures de travaux d'intérêt général et à une interdiction d'approcher Léo, qui a un peu rassuré sa maman. Les parents de Céleste, encore responsables civilement des actes de leur fille, ont été condamnés à verser des dommages-intérêts à Léo pour le préjudice subi. L'avocat de la partie adverse avait exigé trente mille euros, maître Rohart a tenté de baisser la somme à dix mille : après tout, le garçon s'en sortirait sans séquelles physiques, d'après le rapport du médecin. Mais après une longue convalescence, a rappelé le juge avant de statuer à quinze mille euros.

Les parents de Céleste ne disposaient pas de cette somme. Son père le lui a répété à de nombreuses reprises. Ils étaient sur le point de contracter un emprunt, quand les grands-parents paternels de Céleste ont proposé de leur avancer l'argent. Mais payer les indemnités ne suffisait pas à clore cette histoire.

Il ne s'est pas passé un jour depuis sans que Céleste songe à ce maudit jeudi de cours. Mais depuis qu'elle vit à Nice, ce sont des pensées furtives qu'elle chasse dans un premier temps, puis qui partent d'elles-mêmes.

C'est la première fois cette nuit qu'elle revit cela dans son intégralité, avec tant de précisions. Céleste regarde Léno qui dort. Oui, elle est la fille cool et indépendante qui vit seule et s'implique dans la cause animale. En apparence. Pas besoin que les autres en apprennent plus sur son compte. Et tant pis si, pour cela, elle doit détourner le regard quand un prof ennuie un élève.

Plus de vagues, l'a prévenue son père.

*
**

Léno a dormi si profondément qu'elle ne s'est même pas rendu compte qu'elle a passé une partie de la nuit toute seule dans le canapé. Au « mouais » peu convaincu que lui répond Céleste quand elle lui demande si elle est en forme, Léno devine qu'elle a dû bouger un peu. Bleuwen ne mentirait donc pas quand elle affirme que dormir avec elle, c'est plus fatigant que partager son lit avec une famille de sauterelles.

Les deux filles sortent discrètement dans la rue pour ne pas être aperçues par l'oncle et la tante de Céleste. Urgence oblige, Léno est partie la veille sans ses affaires de cours, et Bleuwen va les lui apporter.

Dans le tramway, elle demande à Céleste de ne pas raconter leur soirée aux autres :

– J'aime pas parler de ce qui se passe chez moi, se justifie-t-elle tandis que ses pieds entament la danse de la gêne.

– T'inquiète, je dirai rien ! lui promet Céleste.

Deux mois qu'elle connaît ses nouveaux amis, et déjà deux secrets à garder. C'est ridicule de taire ses problèmes ou ses sentiments, se dit Céleste, avant de se rappeler que, côté secret bien gardé, elle détient la palme d'or.

Les deux amies sont bonnes comédiennes, et personne ne se doute au lycée ce jour-là que l'une est partie de chez elle en pleine crise familiale et que l'autre a passé la nuit à ressasser ses pires souvenirs.

Seule Bleuwen, pourtant habituée à vivre sa vie au bahut sans se préoccuper de celle de sa sœur, prend le temps de lui demander de ses nouvelles et de lui en donner quant à l'incendie qui ravage leur famille.

– Je sais pas ce que ça va donner, maman est vraiment furibonde, confie-t-elle. En même temps, y a de quoi…

Mais Léno met fin aux spéculations :

– Tu sais, cette histoire va suffisamment nous pourrir la vie à la maison, je préfère qu'on n'en parle pas ici.

– OK ! accepte à contre-cœur son aînée, désireuse apparemment de partager sa peine avec sa petite sœur. Mais dis-moi juste… tu rentres à la maison ce soir ?

– Oui, lui sourit Léno. T'inquiète. On va vivre ça à deux et tu vas réaliser que finalement, c'est chouette d'avoir une frangine.

– Ouais, t'emballe pas non plus ! la reprend Bleuwen. Il me faudra plus d'une bonne crise parentale carabinée pour m'en convaincre !

En fin de journée, Léno est accueillie par sa mère comme une candidate de retour de Koh-Lanta : l'épouse bafouée n'en reste pas moins une maman poule et sa fille a dormi « dehors ».

Pour sa part, Céleste a le droit à un accueil inattendu et beaucoup moins chaleureux. Un petit mot laissé sur la table lui demande de passer chez son oncle. L'absence de « bises » renforce l'intuition de Céleste : c'est plus un ordre qu'une invitation, et tonton ne veut probablement pas lui demander de vive voix si elle s'en est sortie avec ses maths.

En effet, Nicolas exige des explications : il a découvert que Céleste a invité une amie à dormir, et ce n'est pas ce que prévoit le contrat de confiance qui les lie :

– Sans nous prévenir, et une veille de cours, en plus ! s'énerve-t-il.

Il ne crie pas trop quand même : il s'adresse à sa nièce, il ne s'autorise pas avec elle la même autorité que sur ses enfants. Céleste, elle, identifie tout de suite le mouchard : Marin est rouge écarlate. Le petit garçon d'habitude si bavard a à peine prononcé quelques mots depuis que sa cousine est entrée dans la maison. Il est tellement penché sur son livre de lecture que son nez va bientôt toucher la page du manuel. Cahiers grands ouverts sur la table de la salle à manger, ses sœurs le fusillent du regard : elles sont grandes, elles. Elles savent qu'on ne balance pas.

Maintenant que Céleste est démasquée, autant jouer la carte de la vérité. Elle raconte donc à son oncle les problèmes que son amie Léno traverse en ce moment. Lune l'interrompt à plusieurs reprises : Léno, c'est celle qui est si rigolote ? Elle aussi, elle a une copine dont les parents sont divorcés. D'ailleurs, c'est pas obligé qu'ils divorcent, non ? Et enfin…

– Vous papa et maman, vous allez pas vous séparer ?

Car on a toujours peur que ces malheurs-là soient contagieux.

Pour autant, Nicolas ne se laisse pas fléchir. Il rappelle sèchement à sa nièce qu'il l'a accueillie pour qu'elle puisse prendre un nouveau départ, mais que si elle ne respecte pas les règles, c'est vol retour sans escale pour Rouen.

Il n'y a pas d'aéroport à Rouen, mais ce n'est pas le moment de le rappeler, estime Céleste.

Une fois son sermon terminé, il prétexte un trajet en voiture pour échapper à un éventuel débat :

– Rose, prends ton sac de piscine, je t'emmène à ton entraînement.

Comment Céleste sait-elle qu'il cherche juste à fuir ? Tout simplement parce que la pauvre Rose, plongée dans ses devoirs, rappelle à son père que l'entraînement est dans une heure seulement.

– Y a toujours des bouchons à cette heure-là, rétorque-t-il. Et pas question que je me prenne une prune en grillant un feu pour rattraper le retard.

Échanges discrets de sourires. Personne n'est dupe, Nicolas est un conducteur modèle : il serait capable de marquer un stop en plein désert. À peine Rose et lui ont-ils quitté la maison, que Lune et Marin, débarrassés de la corvée des devoirs, se chamaillent la meilleure place dans le canapé pour regarder les dessins animés. Il paraît en effet que l'on voit mieux l'écran quand on s'assoit à gauche, mais que le coussin est plus confortable à droite. Marin est indécis, Lune est énervée. Choisir, c'est souffrir…

Céleste, elle, traîne avec sa tante. Elle lui propose son aide pour la préparation du repas. Fanny refuse tout d'abord, avant de comprendre que Céleste a besoin de parler. Elle lui suggère alors d'éplucher les pommes de terre et l'invite délicatement à se livrer.

– Faut pas en vouloir à ton oncle. Il est heureux que tu sois là, et il veut que ça se passe au mieux.

Céleste sait tout ça. Le problème, c'est que…

– J'ai l'impression qu'on ne me laisse rien passer depuis l'affaire avec Léo.

– Quelle affaire avec Léo ? demande une petite voix curieuse depuis le canapé. Dans ma classe, y a un Léo, il est pas gentil. Même qu'il dit des gros mots hyper graves.

Décidément ! songe Céleste, quand Lune commente :

– Celui de ma classe, il est super. Je crois qu'il est amoureux de moi.

La nièce et la tante échangent un sourire complice. Fanny prend une grande inspiration :

– Tu sais ma chérie, si ton oncle te donne l'impression de te surveiller comme ça, c'est parce qu'il se sent responsable. Et il a raison : tu n'as que quinze ans. Mais il te fait confiance. La preuve, il ne va pas parler de la venue de ta copine à tes parents.

– C'est sympa, marmonne Céleste.

– Nicolas est le dernier à juger les gens trop rapidement, confirme Fanny. Oui, tu as fait une grosse connerie. (Elle prononce le mot tout bas pour ne pas réveiller la curiosité du canapé.) Même si on n'en a jamais parlé, j'ai l'impression que tu en as conscience et que tu t'amendes. Il suffit de voir comme tu t'impliques au refuge.

– Qui a eu une amende ? questionne Lune.

– L'autre jour, y avait un monsieur, il a brûlé un feu rouge, eh bien la police… enchaîne Marin.

– Je vais éteindre la télé si ça ne vous intéresse pas, tranche leur mère.

Effet immédiat : les deux têtes disparaissent derrière le dossier du sofa. Céleste regarde sa tante. Sans la proposition de son oncle et celle-ci, que se serait-il passé ? Après la chute de Léo, comme elle appelle sobrement l'accident, sa vie est devenue un enfer. En ville, elle croisait toujours des regards insistants ou fuyants. Quand on ne l'insultait pas. Chez elle, il suffisait qu'elle traîne à vider le lave-vaisselle pour que son père remette le jugement sur le tapis. Au début, elle n'a pas cherché à se défendre. Un jour, de guerre lasse, elle a attaqué. À la maison, c'est devenu invivable pour tout le monde. Puis elle est partie pour Nice.

Céleste inspire à son tour une grande bouffée de courage :

– Tu sais Fanny, j'apprécie vraiment ce que Nicolas et toi avez fait pour moi. Je crois que… je me rends compte que vous m'avez sauvée.

Comme toute réponse, Fanny pose sa main sur l'épaule de sa nièce et lui adresse un clin d'œil affectueux.

*
**

En ce moment, Anis aimerait trouver le bouton PAUSE de sa vie. Hop, arrêt sur image, comme lorsqu'il immobilise l'avatar de ses jeux vidéo, en pleine situation difficile, parce qu'il doit soulager une envie pressante.

Il n'a pas besoin de grand-chose, Anis. Juste de reprendre son souffle.

Pendant des années, sa vie s'est jouée sur la même partition : du chagrin, de la tendresse aussi, de jolies notes gaies avec Léno mais peu de fantaisie. Depuis quelques mois, la rengaine a changé. Anis a cessé son huis clos avec sa mère, il vit dans une autre maison, avec de nouvelles personnes. Il apprécie beaucoup Julien, il adore Valentine et supporte péniblement Augustin. Le lycée lui a appris à évoluer en milieu scolaire sans sa coéquipière. Mieux encore, il y a noué deux belles amitiés. (Féminines, une fois encore, est-ce un hasard ?) Il est heureux, franchement. Mais un peu perdu.

D'abord, il y a Céleste qui a deviné qu'il était amoureux de Léno alors qu'il ne s'était jamais confié à personne, même pas à son cousin Faissal avec qui il partage pourtant tout. Céleste tient son engagement, elle n'en parle pas. Ni à l'intéressée ni devant les autres. Le problème, c'est qu'Anis se surprend parfois à espérer qu'elle prenne les choses en main à sa place ou gaffe devant Léno, pour qu'il soit contraint de livrer ses sentiments à son amie. Dans la seconde suivante, il change d'avis et supplie le dieu de l'amitié de ne surtout rien modifier.

Ensuite, il y a Kim. Kim qui est si chouette, si pétillante, si spontanée, si jolie aussi. Une telle ribambelle de *si* aurait dû allumer chez lui, qui la fréquente maintenant cinq jours sur sept, une étincelle d'amour. Mais non, que dalle. Ça ne serait pas grave – après tout, il n'a pas flashé non plus sur la très jolie Céleste – si Kim, elle, n'avait pas changé d'attitude à son égard depuis le retour des vacances de Toussaint.

Anis n'en est pas absolument certain, mais il lui semble bien cependant que… Kim le drague.

Comme, ce midi, elle est à la réunion de ses potes écologistes, Anis en profite pour sonder leurs amies sur le sujet.

– Bien sûr qu'elle a craqué pour toi ! lui confirme Léno. Ça se voit illico ! Tu as dû lui manquer pendant les vacances, parce qu'elle a eu un sacré déclic. Elle ne te lâche plus du regard depuis que les cours ont repris.

– Moi, je pense que ça remonte à plus tôt que ça… la contredit Céleste. Je dirais presque : depuis le jour de la rentrée.

– Non non, tu te trompes, assure Léno.

Tu n'étais pas là pour voir, est tenté de lui répondre Anis, mais il tient à ce que cette conversation aille jusqu'au bout, alors il garde sa remarque pour lui. Devant la moue de Céleste, Léno décide aussi de régler la question :

– Peu importe ! Ce qui compte, c'est que Kim te montre qu'elle aimerait sortir avec toi, et que tu dois prendre une décision.

– On peut pas juste faire comme si cette conversation n'avait pas eu lieu ?

– NON ! lui répondent en chœur les deux filles soudainement d'accord.

Commence alors un grand débat sur l'amour qui met en péril l'amitié. (Et l'équilibre de leur groupe, mais ça, si Léno et Céleste y songent toutes les deux, pas une ne le signale.)

– Jamais je prendrai le risque de gâcher une histoire d'amitié pour une histoire d'amour, commente Léno.

– Tu sais pas, la teste Anis. T'as jamais essayé.

– C'est vrai, reconnaît-elle, je n'ai jamais été dans cette situation.

Aïe. Voilà exactement la réponse qu'Anis redoutait. Léno n'est pas du tout amoureuse de lui. Céleste lui adresse un très discret sourire compatissant. Lui encaisse la nouvelle. Il va falloir qu'il l'accepte, il comprend que c'est l'étape suivante, mais devine déjà qu'elle va prendre du temps, beaucoup de temps…

À mille lieues de là, Léno continue sur sa lancée :

– Du coup Anis, qu'est-ce que tu vas faire ?

– Je sais pas…

– Tu pourrais laisser entendre que tu es amoureux d'une fille, suggère Céleste, plus joueuse et moins résignée qu'Anis.

Mais c'est sans compter sur Léno :

– Ça ne marchera jamais, quand Anis est amoureux, ça se voit tout de suite. Il ne sait pas le cacher.

Céleste capitule. Anis, lui, sourit intérieurement : beaucoup de choses ont changé pour lui ces derniers mois, mais pas tout non plus ! A priori, sa Léno qui, soi-disant, lit à cœur ouvert en lui, saute une ligne sur deux.

*
**

Pendant ce temps, Kim est loin d'imaginer que ses amis débattent de ses sentiments pour Anis. La réunion du jour de Marée verte n'est pas placée sous le signe de l'amour, même si Jacques a semblé très content de la retrouver. (Mais cela, Kim ne l'a pas relevé.) Gargarisés par le succès de leur opération de nettoyage et leurs quatre nouveaux recrutements, les membres de l'association veulent frapper un grand coup et marquer les esprits : leur lycée est peut-être propre, la planète est toujours en danger !

– Hier encore, j'ai vu des lycéens balancer le sac en papier de leurs croissants dans les buissons, intervient Zeina. Et quand je leur ai demandé de ramasser, ils m'ont ri au nez et soutenu que c'était biodégradable !

Zeina préfère taire la suite. Quand elle a insisté, un garçon a lancé :

– C'est ta tronche qui va être biodégradable si tu ne nous lâches pas !

Il a sorti sa tirade sur le ton de la plaisanterie. D'ailleurs ses acolytes ont éclaté de rire. Mais Zeina, elle, s'est sentie très mal à l'aise et a poursuivi sa route sans insister.

Romain prend le relais et demande à Julie si elle a une opération de communication à leur proposer.

– OUI ! s'enthousiasme cette dernière en bondissant de sa chaise. On devrait aller chercher les grandes poubelles derrière la cantine un après-midi, et aller les déverser à un endroit où les élèves sont obligés de passer, la grille d'entrée, par exemple. Comme cela, face à ce tas, ils seront forcés de reconnaître qu'il y a un gâchis énorme à la cantine.

Tandis qu'elle écoute Julie, l'image de Léno à table s'impose à Kim. Leur amie a tendance à laisser la moitié de son assiette. Et certains jours, elle ne prend presque rien mais picore dans celle d'Anis qui proteste sans l'en empêcher. Anis… Ce n'est pas le moment de penser à lui ! Kim se reconcentre sur la réunion. Le débat est animé.

– On ne va pas salir exprès non plus ! argumente une fille.

– Surtout après avoir nettoyé, insiste son voisin. Les autres vont nous prendre pour des barges.

– Ou des indécis ! ironise avec succès Tom.

Julie se ferme. Kim lit la déception sur son visage. C'est vrai que ses propositions ne font pas l'unanimité. En même temps, ce serait dommage qu'elle quitte l'association, car des personnes qui défendent la cause avec tant de conviction sont précieuses.

– Et si…, murmure-t-elle.

Elle a parlé tout bas mais Jacques a entendu.

– Vas-y Kim, donne-nous ton idée !

Il lui adresse un grand sourire pour finir de la convaincre. Alors elle se lance :

– Et si on amenait les containers à l'entrée ? Comme ça, les élèves seraient obligés d'en faire le tour et verraient le volume que ça représente, mais on ne salirait rien…

Unanimité sauf une voix. Si Julie avait des mitraillettes à la place des yeux, Kim serait morte à quinze ans. Elle a envie de l'aborder à la fin de la séance, mais pour lui dire quoi ?

Elle n'a pas le temps de réfléchir, c'est Julie qui prend les devants :

– Tu sais quoi, t'es une vraie gentille.

– Merci, répond timidement Kim.

Mais apparemment, dans la bouche de Julie, ce n'était pas un compliment :

– Si un jour il devait y avoir une guerre, je ne voudrais vraiment pas être dans ton camp.

Kim en reste sans voix. Quelques camarades la félicitent pour sa bonne idée. Certains ont l'intelligence de rappeler à Julie que tout vient d'elle, qu'elle donne une chouette impulsion au groupe. Kim coupe court aux échanges, elle a une seule envie : retrouver ses amis.

Ce ne sont peut-être pas des écologistes engagés, mais elle se sent à l'aise avec eux.

Du moins le croyait-elle ! Quand elle évoque ce point avec ses amis, Léno se moque de son courage « très propre » :

– Cette Julie, elle est peut-être cash, mais elle n'a pas peur… elle.

Une question qui vaut que l'on ouvre le débat, mais Céleste en choisit un autre :

– C'est facile de dire ça quand on n'est même pas venue donner un coup de main lors de l'opération nettoyage qui faisait l'unanimité.

– Et paf ! Prends-toi ça dans les dents ! ne peut s'empêcher de commenter Anis.

Et il devance Léno qui veut répondre :

– C'est bon pour moi aussi, je n'étais pas là non plus.

Kim assiste à la scène, dépitée. Ces derniers temps, Léno et Céleste semblent préoccupées et distantes, et maintenant voilà qu'elle génère toutes ces tensions dans son groupe. Son désarroi doit se lire sur son visage, car ses deux amies s'empressent de la rassurer :

– Kim, ce que tu fais, c'est juste super, commence Céleste.

– Et nous sommes des imbéciles à commenter au lieu d'agir avec toi, poursuit Léno.

– Alors… vous venez avec moi à la prochaine opération ? les teste leur amie.

Et à ce moment-là, il doit vraiment se passer un truc incroyable très haut dans le ciel qui échappe au regard de Kim, car ses deux copines ont tout à coup le nez en l'air.

– Que du bluff, les charrie Anis.

Et tout le monde éclate de rire.

*
**

Comment se retrouver dans un plan foireux, leçon en trois parties, par Anis Djehinet.

1/ Chercher un cadeau d'anniversaire original, joli ET compatible avec votre maigre budget, pour votre petite sœur de cœur, Valentine, que vous souhaitez gâter.

2/ Mettre sur le coup vos trois amies, persuadé qu'elles auront l'idée de génie.

3/ Devant le manque de suggestions en adéquation avec votre budget, accepter la proposition de l'une d'elle de vous accompagner en ville pour trouver la perle rare alors que les deux autres ne sont pas disponibles.

Oui, Anis est en galère.

Non seulement cela fait deux heures qu'il écume les boutiques, se prenant à chaque fois, entre deux rayons de fringues, bijoux fantaisie ou maquillage, des salves de parfums tous plus forts les uns que les autres (Anis a l'odorat délicat), mais en plus il subit les assauts de Kim.

Ce n'est pas grand-chose : le bras de son amie qui vient par hasard frotter le sien tandis qu'ils remontent la rue, sa main qui attrape la manche de son blouson pour l'inciter à traverser plus vite uniquement – mon œil – parce que le petit homme va bientôt devenir rouge, ou des allusions formulées sur le ton de la plaisanterie – bien entendu ! – du style : « T'as vu ?!? La vendeuse a cru que j'étais ta petite amie. »

Mais à force, ça fait beaucoup.

Céleste avait un excellent prétexte pour ne pas venir : comme chaque samedi, elle est bénévole au refuge pour animaux abandonnés. Mais Léno ? Elle aurait pu faire un effort, non ? Elle est bizarre en ce moment. Anis a le sentiment qu'elle force particulièrement la bonne humeur qu'elle affiche au lycée. Évidemment, quand il l'a questionnée sur le sujet, elle a nié en bloc.

Reste qu'il est seul avec Kim, et qu'il est bien obligé d'admettre que les deux absentes avaient raison : Kim essaie de lui faire passer un message subliminal, et ce message semble en effet se résumer à : toi + moi = nous.

Et si c'était pour cela que Léno n'est pas venue ? Pour que Kim ose enfin déclarer ses sentiments. Oh non, ça va être juste tellement gênant ! Anis se ressaisit : certes, la solidarité féminine est puissante, mais Léno ne l'aurait jamais laissé tomber dans un guet-apens, aussi mignon soit-il, sans le prévenir. Il est son meilleur ami.

Léno… Évidemment, c'est elle la solution ! Anis accepte enfin de se poser dans un café avec Kim, prend soin de choisir une table avec deux chaises et pas une banquette, et profite que Kim se précipite aux toilettes (elle avait donc envie, c'était pas juste pour rester plus longtemps avec lui !) pour appeler son amie.

– Bien sûr qu'elle avait sûrement un besoin pressant, le charrie Léno au bout du fil. Comme si tu ne savais pas ça !

Son amie a pitié de lui et le laisse lui livrer ses préoccupations. Puis, comme le médecin qui annonce un diagnostic grave suivi d'un traitement lourd, elle le motive :

– Anis, Kim est amoureuse de toi. Si tu ne fais rien, ce genre de moment gênant va se reproduire. Il faut lui dire les choses gentiment et délicatement, comme tu sais le faire, je n'en doute pas une seconde.

– T'es drôle toi ! s'exclame Anis. Comment tu dis à une fille sans la vexer : « J'ai bien vu que tu me draguais lourdement mais je ne ressens pour toi aucune attirance. Juste de l'amitié. Une forte amitié, mais une simple amitié… »

– Exactement comme tu viens de le faire ! s'enthousiasme Léno. Anis ?

À noter pour ne pas l'oublier : quand on va boire un verre avec une fille, ne jamais s'installer sur la chaise qui vous place dos à la porte des toilettes. Ou alors ne pas passer de coup de fil en douce tandis qu'elle s'est absentée.

– Je suis désolé, bafouille Anis.

– Bon courage, murmure Léno au bout du fil.

Elle a pigé.

Kim, elle, est statufiée. Puis soudainement la pierre se fend, et avant qu'Anis n'ait le temps de dire quoi que ce soit, son amie-qui-n'est-que-son-amie file. Il se lève à son tour et la rattrape alors qu'elle allait refermer derrière elle la porte en verre.

– Viens, lui sourit-il. On va… on va discuter tous les deux.

Elle hésite.

– Y a pas grand-chose à dire, je me suis fait friendzoner.

– Formulé comme ça, c'est classe, non ? tente Anis. Ça fait un peu série américaine.

Ça marche :

– Ouais… sauf que je ne peux même pas compter sur la saison 2 pour que ça change !

Kim accepte de s'asseoir et commande un Coca, ce qu'on boit quand on se sent barbouillé. Elle a très envie de lui poser une question, mais ce serait déplacé et la réponse, si elle est négative, risque d'ajouter à son humiliation. Alors elle décide de garder ses interrogations pour elle.

Mais n'y parvient pas :

– Est-ce que… est-ce que tu es amoureux d'une autre fille ?

Parler de Léno à Kim serait le meilleur moyen de lever l'ambiguïté. Mais Anis choisit de se taire. C'est déjà suffisant que Céleste soit au courant ! Le plus délicatement possible, il explique à Kim qu'il n'a que son amitié à lui offrir mais qu'il ne lésinera pas sur la quantité.

Une demi-heure plus tard, les deux amis se séparent, contents de cette belle et sincère discussion.

Anis rentre sans cadeau.

Kim rentre sans plus aucune illusion. Elle avait envisagé cette option. Elle pensait que ce serait difficile : déception et gêne ne devaient pas faire bon ménage. Mais elle constate avec étonnement que… ça va.

Ça va aller, en tout cas. Anis a le plus beau regard qu'elle ait croisé sur cette terre, mais elle devrait réussir à continuer à le croiser sans défaillir. Et puis qui sait, peut-être qu'un jour… STOOOOOOP. Tandis qu'elle se dirige vers son arrêt de bus, Kim s'immobilise brutalement sur le trottoir, comme pour arrêter net ses pensées. Elle n'entend pas le gars qui a failli lui rentrer dedans et qui l'habille des insultes les plus délicates. Elle est dans sa bulle.

Anis a insisté : il veut qu'ils restent amis, et elle ne va pas le décevoir.

*
**

Concert de couverts. Aucune parole sur la mélodie familiale ce soir. Les parents ne jouent plus à celui qui s'intéresse le plus à la journée de leurs filles, Bleuwen et Léno ne tentent plus de remplir les blancs. Entre deux bouchées, son père observe en coin sa femme, son aînée et sa cadette.

Ce regard de chien battu, Léno ne le supporte plus. Si son père voulait garder l'amour et la considération de sa famille, il n'avait qu'à se tenir correctement et respecter le contrat qui le lie à son épouse. Fi-dé-li-té : c'est pourtant clair comme notion, le jour où tu te maries, tu t'engages à ne pas en aimer une autre et donc à ne pas avoir de relations sexuelles ailleurs… Si ça ne te convient pas, si tu ne t'en sens pas capable, eh bien… tu ne t'engages pas !

Ça évite le carnage actuel.

Bien sûr, Léno a déjà quinze ans, elle est complètement capable de faire la distinction entre le mari et le père. Quoi qu'il arrive entre sa mère et lui, il restera son père pour toute sa vie. Leur lien est fort et indestructible. Léno aime son père profondément. Le problème, c'est qu'elle l'a également beaucoup admiré. Quand elle était enfant, il incarnait à ses yeux l'homme parfait. Seuls Anis et sa gentillesse, sa complicité, sa fidélité (oui !) ont réussi à rivaliser avec cette image paternelle. (Elle se souvient de la panique sourde qui l'avait envahie quand son ami avait réussi à lui confier, à mots couverts, que son père à lui était mort. Comment pouvait-on vivre sans protection paternelle ?) Et puis, hop, son père a lui-même mis le feu à l'image du type parfait. Aujourd'hui, il n'en reste que des cendres, encore brûlantes de la colère de Léno.

Bien sûr, elle n'a que quinze ans. Elle n'a pas vécu de véritable histoire d'amour. Elle n'a aucune expérience sexuelle. (Si elle aimerait tomber amoureuse, elle ne se sent pas prête à « sauter le pas », comme Bleuwen.) Mais elle a l'intuition que les relations physiques sont un des ciments d'un couple. À ses yeux, son père a sali l'histoire d'amour qui le lie à sa mère. Sans doute ont-ils tous les deux leur part de responsabilité. Léno est la première à reconnaître que sa mère peut être carrément pénible parfois. Mais si elle a souvent secoué le navire avec ses changements d'humeur, c'est quand même lui qui a bombardé la coque. Touché coulé.

Son père se lève, se baisse pour déposer son assiette dans le lave-vaisselle, et grimace en se relevant. Il pose une main sur le bas de son dos. Bleuwen s'attendrit :

– T'as mal au dos papa ?

– Oui, c'est ce fichu canapé-lit…

Et voilà, c'est reparti ! Comment sa sœur a-t-elle pu se laisser piéger si facilement ? Les hostilités reprennent :

– Tu n'as qu'à partir si tu veux dormir dans un vrai lit.

– Je suis ici chez moi.

Et patate à ti, et patate à toi : ses parents se cognent à coup de mots. Léno ne sait pas si elle a envie de hurler ou de pleurer en silence. Elle opte pour la troisième solution : elle monte dans sa chambre, s'assoit au pied de son lit et attrape son portable resté sur sa table de nuit (pas de téléphone à table, on a – encore ! – des principes dans cette famille !).

– Anis ? C'est Léno. Dis… J'te dérange pas ?

*
**

C'est le grand jour ! Kim et ses camarades de Marée verte vont passer à l'action. La date, fixée lundi dernier, l'a été sur un critère moins anodin qu'il ne peut le paraître au premier abord : ce jeudi midi, c'est poulet et gratin de légumes à la cantine. Pas franchement bon, pas franchement mauvais non plus. Quand le menu les emballe à moitié, les élèves ont tendance à se servir quand même correctement en plat principal tout en ne lésinant pas sur la quantité de pain. Ils pensent satisfaire leur satiété, ils assurent le gaspillage.

Pour que l'opération soit efficace, il faut qu'elle prenne les élèves par surprise, au moment où ils sont pressés de rejoindre l'arrêt de bus après les cours. Coup de chance, six membres de l'association, dont Kim, finissent une heure plus tôt le jeudi. Sept autres les rejoindront ensuite. Cinq ont en effet annoncé qu'ils ne participeraient pas : ils n'étaient pas disponibles. (« Ou motivés », a commenté Julie quand ils ont annoncé leur défection.)

Six jeunes en pleine forme pour tirer sur deux cents mètres trois gros containers, ça paraissait suffisant sur le papier, mais ça ne l'est pas en réalité : il faut prendre une décision, et vite. Julie, en vraie cheffe de file, tranche : ils vont emmener deux containers et rester sur place pour s'assurer que personne ne les range avant la sortie. Il ne faut pas partir trop tôt. Commence alors une attente électrique. En effet, si l'association avait déclaré auprès du bureau de vie scolaire sa première opération nettoyage, celle-ci est restée clandestine. Jamais ils n'auraient eu le feu vert ! Kim se surprend à aimer ce frisson d'aventure interdite.

À seize heures quarante, c'est dans la bonne humeur que Julie, Kim, Romain et trois autres volontaires dégagent les deux containers de l'enclos où ils sont rangés, et les font rouler vers le portail. Au moins les cent premiers mètres. Après, vous pouvez être aussi déterminés et positifs que possible, de telles poubelles, c'est lourd et ça pue.

Enfin le groupe s'installe. Il reste cinq minutes avant la sortie, les deux containers bloquent presque tout l'espace. Sur les côtés visibles quand on arrive du lycée, les activistes en herbe scotchent les pancartes prévues ; sur la première, il est inscrit : « Qui est responsable », sur la deuxième : « de ce gâchis ? » La question va rester sans réponse, faute de troisième support pour le « Vous ! » accusateur.

Les premiers élèves commencent à arriver et se faufilent sans trop de difficulté sur les deux extrémités. Puis le groupe grossit, des bouchons se forment et la situation se crispe. Certains garçons tentent de bouger les deux bennes, le groupe résiste, espérant le renfort de la cavalerie qui n'arrive pas. Enfin les autres bénévoles apparaissent au loin. Mais le temps qu'ils arrivent, les deux containers auront été mis complètement de côté par les élèves pressés de rentrer chez eux.

– Il faut les renverser ! s'écrie Julie.

– On a dit « pas de dégâts », rappelle Romain.

– On peut les faire basculer sur un côté sans les vider, insiste Julie.

– Tu crois que ça marchera ? s'inquiète Kim.

– On n'a pas le temps de réfléchir ! s'énerve tout à coup Julie.

Assistée par les trois autres volontaires, elle renverse le premier container. Il n'est pas encore au sol quand ils se précipitent pour infliger le même sort à l'autre. Les ordures ne doivent pas être solidaires de leur action, car elles se répandent largement sur le sol, sous les cris et les rires des spectateurs. Nombreux sont ceux qui filment la scène. Juste à temps pour immortaliser l'intervention des forces de l'ordre : deux surveillants, Alexandre et Mehdi, arrivent en courant.

Kim aperçoit aussi Léno. Secret oblige, elle n'avait pas parlé à ses trois amis de ce projet. Mais elle n'a pas l'occasion de lui demander ce qu'elle en pense. Les deux surveillants se mettent à crier. Les autres bénévoles, tout juste arrivés, décident de défendre leurs camarades sans chercher à savoir pourquoi le plan initial n'a pas été respecté et les ordures répandues sur le sol. Tom, apparemment déçu d'avoir manqué la première manche, semble particulièrement motivé pour jouer la seconde.

– Halte au gâchis ! exulte Julie.

Elle grimpa sur l'un des containers.

– Vous allez me nettoyer tout ça et vite fait ! s'énerve Alexandre, un des surveillants.

– Dans tes rêves ! l'envoie balader Tom.

Julie sautille de joie. Zeina tente de calmer les esprits. Kim, fascinée par le spectacle, ne bouge pas d'un centimètre. Et c'est ainsi qu'elle se retrouve à côté de Julie quand celle-ci se penche, attrape à pleine main une poignée de déchets et la lance sur les surveillants.

Tente, du moins.

Les projectiles tombent juste aux pieds de ses cibles. L'effet est immédiat, les deux surveillants s'énervent encore plus. Mehdi s'approche de Julie, la saisit par le bras et l'emmène sur le côté. Il est immédiatement assailli par trois irréductibles qui libèrent leur camarade tandis que d'autres lancent à leur tour des déchets sur Alexandre. Objectif atteint cette fois : le surveillant vient de prendre du rab de gratin de légumes en pleine tête. Et à voir celle qu'il affiche, il n'apprécie pas du tout le menu.

Depuis quelques minutes, les autres lycéens ne se préoccupent plus du tout de leur bus. Ils prendront le suivant, et raconteront à leurs potes qu'ils y étaient, images à l'appui ! Certains encouragent une équipe ou l'autre. La liesse des supporters s'éteint à la minute où l'arbitre et ses juges de ligne font irruption sur le terrain. Le principal, suivi de son adjoint et de la CPE, se plante au milieu de la scène.

– C'est quoi ce foutoir ? demande d'une voix froide monsieur Klais.

– C'est le groupe Marée verte qui a complètement perdu la tête ! s'énerve Alexandre en continuant à se passer les mains dans les cheveux pour en faire tomber les derniers aliments. Ils ont tiré les poubelles jusqu'ici pour les renverser, et ils nous balancent les ordures en pleine tête.

– Vous êtes devenus fous ! s'énerve cette fois le proviseur.

– Non, pas du tout, affirme Tom, droit comme un I. Nous sommes les moins fous de tous ici, puisque nous sommes les seuls à chercher à sauver notre planète.

Le principal reste muet devant tant d'aplomb, son adjoint, monsieur Dournel, prend le relais :

– Eh bien, vous allez tous venir sauver notre belle planète dans nos bureaux, immédiatement. Le public, rentrez chez vous, ou on vous emmène avec. Et rangez-moi ces fichus portables ! Toute personne qui diffusera ces vidéos sera sanctionnée comme les causeurs de trouble, que ce soit clair !

– Ils doivent ramasser d'abord, non ? questionne Alexandre qui semble avoir retrouvé son assurance.

– On les emmène, tranche le principal. Demandez à quelques élèves de vous aider à nettoyer.

Aider à… Cela sous-entend donc que le surveillant est le premier à devoir s'y mettre. Visiblement, le programme ne l'enchante pas. D'autant plus que les spectateurs se souviennent soudainement de leur bus qui part – quelle drôle de coïncidence ! – dans la seconde !

Se produit un autre phénomène tout à fait intéressant quoique désolant, si on se place du côté de l'engagement et de la solidarité de groupe : l'association Marée verte, telle la banquise qu'elle défend, fond à vue d'œil.

Arrêtons-nous un instant pour faire les comptes : dix-huit membres actifs de l'association, cinq désistements, ça fait treize. Or, ils se retrouvent à sept dans le bureau de monsieur Klais. Nous sommes au lycée, corsons un peu le niveau : le proviseur a bien la liste des membres de l'association. C'est normal, il se doit de savoir qui fait quoi dans son établissement, mais sa liste a été établie lors de la première réunion, quand ils étaient vingt-deux.

Il fait quoi, maintenant, le proviseur ?

– On les convoque tous en conseil de discipline, présents et absents, propose monsieur Dournel.

– On risque de se faire taxer d'anti-écologistes, hasarde madame Boussy (la CPE veille toujours à sa réputation).

– On voit que c'est pas vous qui avez pris des ordures en pleine tête ! s'énerve Alexandre, qui vient de les rejoindre. Je vais porter plainte !

Le proviseur tente de calmer le jeu, madame Boussy fait preuve d'une logique implacable :

– Sur la liste, il y en a deux qui sont absents aujourd'hui.

On ne peut pas les sanctionner tous, ils verront tout de suite qu'on n'est pas crédibles.

Monsieur Dournel désigne les jeunes qui assistent, alignés contre le mur, ébahis, à ce jugement hâtif.

– Alors on sanctionne ceux-là et on dissout l'association, propose-t-il.

– Vous n'avez pas le droit ! C'est injuste !

C'est Julie qui vient de crier.

– Il fallait réfléchir avant de faire vos co… âneries ! la reprend sèchement monsieur Klais. Et en attendant, vous ne bougez pas de là avant que vos parents en personne soient venus vous chercher. On tient à avoir une discussion avec eux.

Collée contre le mur, Kim se met à trembler malgré elle. Elle sait qu'elle va devoir expliquer à ses parents que tout a dérapé sans qu'elle se mêle à la guérilla. Ils ont confiance en elle, ils la croiront. Ils lui reprocheront sans doute de ne pas s'être éloignée tout de suite quand ça a dérapé. Tout à coup, elle sent une main sur son avant-bras. C'est Jacques qui lui murmure :

– T'inquiète, ça va aller.

Il semble tellement y croire qu'elle y croit aussi.

*
**

Kim s'est trompée… à moitié. Ses parents la croit tous les deux quand elle affirme qu'elle n'a ni renversé les poubelles ni jeté des ordures sur les surveillants. De même, ils ne remettent pas en doute le fait qu'elle s'est laissé dépasser par les événements. Mais elle ne s'en sort pas à si bon compte.

– Tu aurais dû t'interposer, lui signale son père. L'action ne correspondait plus à tes convictions, tu devais agir.

Kim tente de se défendre :

– Quand Julie a parlé de renverser les poubelles, Romain lui a rappelé qu'on avait dit « pas de dégâts ». Julie a répondu qu'il n'y en aurait pas, et je lui ai demandé si elle était sûre, je m'en souviens bien !

Devant le proviseur, Kim a veillé à ne pas enfoncer ses camarades les plus ardents, même pour sauver sa peau. Devant ses parents, elle rappelle les faits : après tout, elle a « juste » amené les poubelles devant la grille, elle n'a rien fait de plus.

– Juste « rien faire », c'est cautionner, lui explique alors sa mère.

Devant la mine pas convaincue de sa fille, elle développe :

– Si tu vois dans la rue une personne qui en agresse une autre, tu vas rester sans rien faire ? Savoir que tu désapprouves cette agression est suffisant ?

– C'est quand même pas pareil ! s'offusque Kim.

– Un peu quand même, la contredit son père. Maman a raison. Et puis, il me semble que quand tu t'es inscrite dans cette association, tu voulais agir pour la planète, pas mener des actions interdites…

C'est vrai, reconnaît Kim en silence, mais…

– Papa, tu peux pas toujours rester dans les règles si tu veux que ça change ! Le proviseur ne nous aurait jamais laissés faire !

– Vous n'avez pas demandé… souligne sa mère.

– Il aurait dit non ! Un moment, il faut accepter de désobéir pour défendre la cause.

Oh la la, elle parle comme Julie maintenant !

– OK, concède son père. Parlons-en, de la cause. Qu'est-ce que les autres vont retenir de cette opération ? Crois-tu vraiment que le message « Vous gaspillez trop » est passé ?

Là, Kim est bien obligée d'accorder le point à son père. Elle l'en informe par un sourire mi-vaincu, mi-complice, et entièrement charmeur. Et ça fonctionne, il craque à son tour. Sa mère a plus de résistance :

– Kim, ton père et moi savons bien ce qui t'a motivée, comme nous savons que tu n'as pas voulu ce qui est arrivé. Il faut que tu assumes les conséquences. Déjà, votre association est interdite, et c'est quand même bien dommage. En plus, toi, tu te retrouves exclue une journée entière, et c'est signalé sur ton bulletin. J'espère que tu retiendras la leçon : les actes, même dictés par les plus belles motivations, ont des conséquences.

Sa grande tirade terminée, la maman de Kim s'approche de sa fille et pose sa main sur son épaule :

– En tout cas, je suis fière que tu n'aies pas dénoncé tes camarades. Ça ne m'étonne pas de toi, mais ça me fait plaisir.

Kim se colle contre sa mère. Bien sûr que non, elle n'aurait jamais dénoncé les autres. Mais quand elle pense à Tom, ses moqueries, sa grande détermination et la façon dont il a filé comme un lapin quand le proviseur est arrivé, elle a du mal à déglutir.

*
**

– Qu'est-ce que t'as fait de ta journée ?

Ce matin, Anis, Léno et Céleste ont attendu leur amie devant la grille (la légendaire grille désormais !) pour marquer son retour en cours. Kim sourit à la question de Céleste :

– Bien sûr, mes parents ne voulaient pas que je passe la journée devant Netflix, et en même temps, ils ne sont pas idiots, ils ne m'ont pas collé trois tonnes d'exercices de maths...

– Mon père aurait fait ça, c'est certain ! remarque Léno.

– Alors je me suis levée comme d'habitude et je suis allée ramasser les papiers et les bouteilles plastique sur la plage.

– T'as quand même pas fait ça toute la journée ? s'étonne cette fois Léno.

– Si, bien sûr, affirme Kim, avant de nuancer : J'ai fait une pause le midi quand même. Mes parents m'ont retrouvée et on a pique-niqué sur les rochers.

En plein mois de novembre ? Anis hallucine. Kim, elle, ne semble pas étonnée le moins du monde. *Elle a de chouettes parents*, se dit Léno, avec une pointe de jalousie vite chassée par toute l'amitié qu'elle porte désormais à Kim. Céleste enchaîne :

– Je déclare désormais Alexandre et Mehdi ennemis numéro 3 et 3 bis !

– Pourquoi pas numéro 1 ou 2 ? questionne Léno. C'est quand même Alexandre qui les a chargés le plus. Et dire que les autres n'ont rien eu...

– Parce que le numéro 1, ça reste Alcatraz, non ? explique Céleste.

– Oh oui ! confirment d'une seule voix Anis et Kim.

– Et Nina numéro 2 !

Sans regarder Anis, Léno enchaîne :

– Bon, voilà un bon point de réglé ! Dossier suivant ?

– Tu sais que tu assures comme président d'association ? note Kim.

Léno fait mine de tomber dans les pommes. Anis lui laisse croire qu'il va la retenir mais...

– Et toi, tu me laisserais m'écraser au sol ! le charrie Léno, qui s'est arrêtée toute seule.

Mais Anis refuse de lancer ce débat. Il a plus important à régler :

– Je n'ai toujours pas de cadeau pour Valentine.

– Et si tu venais au refuge ! suggère Céleste. Une portée de chatons est arrivée, ils sont trop trop mignons ! Ils seront adoptables dans quelques jours.

– Super idée ! s'enthousiasme Kim.

– On viendra avec toi ! confirme Léno.

Anis, lui, est plus modéré. Il imagine facilement le bonheur de Valentine devant un chaton. Mais il doit d'abord faire valider le projet par le père de celle-ci.

*
**

Un bip sort Céleste de son classeur d'histoire. « Les conséquences de la découverte du Nouveau Monde pour l'Europe » attendront, Instagram l'appelle. Céleste zoome sur la photo que sa copine vient de poster. Pas de doute, c'est lui.

Célia sort avec Léo, et elle est fière de l'afficher.

Calée dans le vieux fauteuil en cuir, son pote depuis sa nuit d'insomnie, Céleste soupire : Célia n'était pas sa meilleure amie au collège (cette place est réservée à Lou, et rien que d'y penser, le cœur de Céleste se serre au point de lui faire mal), mais elle l'appréciait beaucoup. Les deux collégiennes étaient proches, suffisamment pour que Célia connaisse tous les tenants et aboutissants de l'histoire avec Léo. Elle était même aux premières loges ce maudit jeudi !

Alors. Comment. Peut-elle. Sortir. Avec. Ce nase !?!?!?!

Céleste commence à lui rédiger un message, l'efface, recommence, puis renonce. Elle se replonge dans ses révisions : le devoir sur table aura lieu demain après-midi. Mais Célia et Léo dansent sur ses lignes de cours. Tant pis ! Elle referme son classeur, prend son téléphone et appelle Célia.

– Coucou Célia, c'est Céleste !

– Céleste ! s'enthousiasme une voix au bout du fil. Comment tu vas ? C'est cool, Nice ?

Son amie est gênée, ça s'entend dans chacun de ses mots. Mais Céleste joue elle aussi la comédie des retrouvailles joyeuses, avant d'entrer dans le vif du sujet.

D'essayer en tout cas. Le ton de Célia se modifie dès que Céleste aborde le sujet de Léo.

– Il a changé, tente d'abord de le défendre sa nouvelle petite amie.

Mais cela, Céleste ne peut pas l'envisager une seconde. Quand elle le critique avec encore plus de virulence, Célia l'interrompt :

– Céleste, je te rappelle que c'est lui qui a passé cinq semaines à l'hôpital. Alors tu arrêtes tout de suite tes commentaires de folle, parce que je te préviens que je vais dire à Léo que tu déconnes encore sur son dos.

– Non ! s'écrie Céleste.

Ce n'est pas ça, pas ça du tout ! Elle s'en fout de Léo. Enfin… presque. Elle veut juste protéger Célia, mais cela, Céleste n'a pas le temps de l'expliquer à sa copine, qui a raccroché.

Son ancienne copine plutôt… Célia vient de la bloquer sur Instagram et tous les autres réseaux sociaux qu'elle partageait.

J'aurai essayé, se console Céleste en se replongeant dans le Nouveau Monde…

*
**

Un chaton ? Non seulement son beau-père a validé l'idée d'Anis, mais il l'a également félicité : Valentine va être folle de joie, c'est certain.

– Mon cadeau va passer au second plan, a-t-il même plaisanté. Mais je te pardonne, parce que t'es un chouette gars.

Il a été décidé qu'Augustin ne serait pas dans la confidence, officiellement de peur qu'il vende la mèche par accident. Officieusement pour qu'il ne gâche pas la surprise volontairement. Pas un ne l'a formulé, les trois l'ont pensé.

En effet, la mère d'Anis partage le secret. Ce samedi, c'est elle qui accompagne les trois amis au refuge, où ils vont retrouver Céleste. Anis n'était pas emballé d'être chaperonné par sa mère dans cette sortie, mais ses deux copines l'ont vite convaincu : sans un adulte, adopter un animal est impossible.

Inès, comme elle demande aux filles de l'appeler, est ravie de passer du temps avec son fils en si bonne compagnie. Elle bavarde dans la voiture avec les copines d'Anis avec tellement d'enthousiasme que ça en devient gênant ! Pour lui tout au moins : Léno et Kim, elles, se régalent en apprenant que, quand il était petit, Anis voulait adopter un kangourou et l'appeler Ricochet.

– Ben quoi, c'était bien trouvé, se défend le garçon.

Heureusement pour lui, son kangourou est vite oublié une fois sur place. Le petit groupe est accueilli par Céleste. Elle leur présente rapidement l'équipe, bafouille sur le prénom de Victor. Elle est suivie de très près par un vieux toutou qu'Anis croit reconnaître :

– Attends, c'est pas le bâta…

– Oui, c'est le pauvre animal qu'Alcatraz a abandonné, le reprend avec autorité Céleste.

On ne dit pas de mal de son protégé !

– Il est mieux là qu'avec notre prof…, commente Kim.

Céleste confirme d'une caresse sur le museau de son pote à quatre pattes.

– Poupouille, on va voir les chats, va falloir me lâcher un peu, le prévient-elle.

Puis elle entraîne ses amis et la mère d'Anis vers le bâtiment principal :

– On a deux chatteries, mais on met les petits à part, pour les préserver des virus et des attaques des adultes.

Et chacun – ou presque – y va de son commentaire sur ce monde félin décidément cruel, lui aussi. Faut croire qu'il y reste quand même un peu de douceur : devant le panier qui abrite cinq chatons, les visiteurs tombent en extase. Céleste ne se moque pas : elle aussi craque chaque fois qu'elle approche les petites boules de poil. Elle a bien tenté de convaincre sa tante Fanny d'en prendre un, mais en vain. Elle l'avait pourtant déjà choisi : le petit noir aux yeux jaunes et aux poils doux comme ceux d'un lapin.

– Moi, c'est le tigré que je trouve trop beau ! s'exclame Kim. On dirait un angora.

Léno n'ose pas en prendre un dans les bras : ils sont encore si petits, et sûrement si fragiles. Anis, lui, semble hypnotisé.

– Alors ? le questionne sa mère.

– Prends la petite noire ! lui conseille Céleste. Elle est super affectueuse en plus.

– Choisis le tigré, il est tellement doux ! Valentine va adorer.

Anis finit par se pencher et attrape délicatement d'une main un chaton à la fourrure noire et blanche. De l'autre, il « emprunte » le tigré à Kim. Il porte les deux animaux devant son visage. Comment peut-on faire un choix pareil ?

– Embarque les deux ! lui suggère alors Léno. Un pour Valentine et un pour toi.

La proposition est tellement tentante (et bien vue, Léno le connaît bien !) qu'Anis repose les deux animaux. Il interroge sa mère du regard :

– Non, c'est pas possible ! l'arrête-t-elle tout de suite. Tu dois comprendre Anis, on…

– On n'est pas chez nous, c'est ça ? lui demande-t-il un peu agressivement.

Sa mère proteste mais ne nie pas. Anis affiche une mine boudeuse.

– Prends le blanc et noir, et laisse-moi une chance de convaincre mes parents pour le tigré !

Kim a forcé son ton joyeux, mais tout le monde apprécie sa proposition. Mal à l'aise, Inès guette son fils.

– Va pour le blanc et noir, il est super mignon ! annonce-t-il. Alors Céleste, je signe où ?

Il faut être majeur pour adopter un animal, et c'est donc sa mère qui s'occupe des papiers. Pendant ce temps, les amis font le tour du refuge. Aussitôt, Léno se sent plus à l'aise avec les chiens. Elle en emmènerait bien un. Mais, vu l'ambiance actuelle à la maison, ça ne serait pas un cadeau pour l'animal.

– C'est vraiment génial ce que tu fais ici, déclare-t-elle, très sincèrement, à Céleste.

Son amie rougit, Kim insiste :

– Léno a raison : peu de jeunes s'engagent comme ça… aussi efficacement.

Tous l'ont compris : Kim songe à Marée verte qui n'existe plus… Céleste tente de minimiser son rôle. Certes, son action est utile, mais de là à passer pour une héroïne. Et puis… et puis il ne faudrait pas que l'une de ces deux-là ait envie de la rejoindre ! Chacun a besoin de son jardin secret !

Légèrement à l'écart, Anis est intrigué par la mine amusée qu'affiche Victor, le jeune homme qui travaille au refuge. Quand Céleste, en toute modestie, a minimisé son engagement, le gars a carrément pouffé. L'air de rien, Anis s'approche de lui et se lance :

– On dirait que ça te fait marrer qu'on vous complimente. Tu nous trouves ridicules parce qu'on cause mais qu'on n'agit pas ?

– Oh, c'est pas ça du tout ! le calme tout de suite le jeune homme tout en prenant appui sur son balai. C'est l'image que vous avez de nous qui m'amuse. À croire qu'on a tous choisi de venir ici.

– Tu aurais préféré bosser ailleurs ? demande Anis.

Sa curiosité est piquée.

– Qui a dit que je parlais de moi ? lâche Victor, en fixant Céleste.

La conversation entre les deux se poursuit encore quelques instants, le temps que la mère d'Anis les rejoigne. Elle a les bras vides mais son fils ne le remarque même pas : il a l'esprit ailleurs. Les filles, elles, réagissent :

– Et le chat ? demande Kim.

– Je vais revenir le prendre le jour même de l'anniversaire, pour que la surprise soit totale !

L'idée est approuvée, il est temps de rentrer. La bande salue la courageuse Céleste qui n'a pas fini sa journée. Elle attire Anis sur le côté :

– Vous parliez de quoi, avec Victor ?

– De rien, lui assure Anis.

– Arrête, le type refuse de m'aligner trois mots et toi, il te fait la causette. Raconte !

– On a parlé du refuge et des animaux, de quoi tu voulais qu'on cause ?

– J'sais pas… il voulait peut-être savoir des trucs sur moi, bafouille Céleste.

Et là, Anis percute. C'est à son tour et c'en est presque comique du coup : Céleste a craqué sur le ténébreux Victor ! Décidément, c'est la journée des surprises…

*
**

– Maman, je t'assure, je pensais pas à mal, c'est juste que l'idée de savoir Célia avec ce type après ce qu'il…

Céleste ne parvient pas à terminer sa phrase. Devant les visages dépités de ses parents, collés l'un à l'autre pour entrer dans l'écran de son téléphone, elle est à court d'arguments. Dix minutes qu'elle leur répète qu'elle est désolée, qu'elle n'a pas imaginé les conséquences de ce coup de fil à Célia. C'était juste une amie qui prenait des nouvelles d'une amie. Mais visiblement, ça ne suffit pas à calmer sa mère :

– Ma chérie… Ma chérie… Il s'est passé des choses terribles l'année dernière, on ne va pas revenir dessus. Ton père et moi avons dû prendre une décision très difficile en t'envoyant si loin de chez nous alors que tu es si jeune, ce n'est pas pour…

– Je suis bien à Nice, maman, je t'assure ! la coupe Céleste.

– Justement ! intervient sèchement son père. Concentre-toi sur ton lycée et tes nouveaux amis, et ne remue pas le passé.

– Papa, j'ai juste passé un coup de fil !

Mais l'argument n'est pas convaincant :

– C'était tellement rien que les parents de Léo sont allés au commissariat ! s'énerve son père. Tu t'en es bien sortie, avec tes heures de travaux d'intérêt général. Et je ne te parle pas des dommages et intérêts. Ne pousse pas le juge pour enfants à revenir sur sa décision.

Puis sa voix se radoucit :

– Ma puce, maman et moi, on ne veut que ton bien. Comme elle l'a dit, c'est… ce n'est pas facile d'envoyer sa fille si loin, on n'a pas fait tout ça pour rien.

Céleste lutte pour retenir ses larmes. Elle ne veut pas craquer devant ses parents.

– J'ai compris, je ne contacterai plus Célia. Je la laisse dans les bras de ce… de Léo.

– Célia et les autres, insiste sa mère. Il faut que tu tires un trait sur tes camarades de collège. Tu dois les oublier.

– Pas Lou quand même ! s'écrie Céleste.

Ses parents sont visiblement très gênés.

– Non, pas Lou, concède sa mère.

*
**

Après avoir embrassé son père et son frère, Valentine enfile le blouson en cuir, chausse ses bottes (les talons ne sont pas hauts, mais ce sont les premiers de sa vie !) et commence à défiler autour de la table basse du salon.

– Tu es superbe ! la félicite son père.

– Ne lui dis pas trop, elle va choper la grosse tête ! plaisante Augustin.

Quand la jeune fille se rassoit, la mère d'Anis lui tend à son tour un petit paquet.

– Joyeux anniversaire ma belle !

– Du maquillage, génial ! s'exclame Valentine, sans forcer son enthousiasme.

Son père bascule théâtralement sur l'accoudoir du canapé :

– Au secours, ma fille devient une femme !

La toute fraîche belle-mère, elle, soupire de soulagement :

– Ouf ! Tu sais, je n'ai pas trop l'habitude des cadeaux pour les filles !

– C'est sûr qu'avec du maquillage, tu ne prenais pas de risque, commente Augustin. C'est tout à fait banal, mais ça part d'un bon sentiment.

Les regards d'Anis et Valentine se trouvent instantanément, et pas besoin de sous-titres pour comprendre ce qu'ils se disent : ce type est minable. Mais Anis n'est pas décidé à gâcher la fête par une embrouille : il se lève, se dirige vers le garage et revient avec un carton entouré d'un gros ruban, qu'il tend à Valentine.

– Oh, un cadeau fait main ! Comme c'est mignon ! déclare Augustin, une pointe de sarcasme dans la voix.

Mais personne ne l'écoute. Tout le monde est figé sur le visage de Valentine qui s'ouvre de surprise et de joie.

– Oh mon Dieu qu'il est mignon ! C'est le plus beau cadeau de ma vie ! s'exclame-t-elle tandis qu'elle découvre le chaton noir et blanc.

– C'est sympa pour nous, plaisante son père avec bienveillance.

Augustin, lui, ne bouge pas.

Anis est tellement heureux de son cadeau et de son effet qu'il ne remarque même pas sa mère qui s'éclipse. Elle revient à son tour avec un carton, qu'elle lui tend. Anis n'ose pas y croire, mais si… c'est bien l'autre chaton, celui de Kim !

Idiot, il ne sait pas quoi dire, bafouille un merci puis lâche :

– Kim va être déçue !

– Tu parles, elle a trouvé que c'était une super idée ! lui répond sa mère.

– Mais comment elle sait ? s'inquiète Anis : sa mère n'a quand même pas pris les numéros de téléphone de ses amies !

– Pendant que Céleste te prenait à part au refuge, j'ai eu le temps de dire à Léno et Kim que j'avais aussi réservé le deuxième.

Anis a donc été victime d'un complot féminin… mais ça lui va très bien !

– Comment on va les appeler ?!? trépigne Valentine.

« On », comme un frère et une sœur, mais sans mise en scène cette fois. Anis est heureux, il faudra vraiment qu'il remercie Céleste pour la super idée qu'elle a eue.

La question des prénoms félins se réglera plus tard, car Augustin se lève brutalement :

– Papa, tu étais au courant ? demande-t-il d'une voix métallique.

Son père confirme :

– Oui, bien sûr ! J'ai trouvé que c'était une excellente idée.

– C'est dégueulasse ! hurle alors Augustin. C'est absolument dégueulasse envers maman. Elle était d'accord pour qu'on ait un animal, c'est toi qui voulais pas. Et maintenant que vous êtes séparés, tu as changé d'avis !

Anis et sa mère se ratatinent sur le canapé : Augustin évoque souvent sa mère devant eux (à croire même qu'il y prend plaisir…), mais c'est la première fois qu'il se dispute frontalement avec son père à son sujet.

– C'est elle qui est partie, lui rappelle son père, stoïque.

– Parce que tu la trompais, répond le fils.

La colère lui serre les mâchoires. Anis est hyper gêné. C'est vrai qu'il n'a jamais pensé que la séparation avait pu être douloureuse pour Augustin aussi. Ce gars semble tellement ne penser qu'à lui… Et surtout, un père divorcé, c'est mieux qu'un père mort. Tout est toujours mieux qu'un père mort, selon Anis. Julien regarde ses chaussures, Valentine colle son chaton contre son visage. Inès jette des regards vers la cuisine. Elle se demande sûrement s'il faut passer à table, songe Anis. Ce n'est donc pas facile non plus, une famille normale.

À ce moment-là, Augustin éclate d'un grand rire :

– Ah, comment j'ai réussi à vous faire marcher ! C'était énorme ! Je devais bien vous charrier un peu, je suis vexé, moi, de ne pas avoir eu le droit à mon petit chat. Alors, on en était où ? Ah oui : comment allons-nous les appeler ?

*
**

Il pleut sur la grande baie vitrée du CDI et les quatre amis sont aux premiers rangs pour assister au ballet des gouttes. Kim et Céleste se partagent un pouf, Léno est collée à Anis sur un autre : les bonnes places sont rares en ces jours de météo capricieuse. Anis ne se plaint pas, bien au contraire. Kim, elle, pose un regard nostalgique vers une des tables du fond où Jacques, Romain et Zeina se sont installés après l'avoir saluée. Léno se décide à lancer le sujet :

– C'est bête quand même qu'ils aient interdit l'association pour un dérapage. Ils auraient pu vous laisser une seconde chance. On reproche aux jeunes de ne pas s'engager, et quand ils le font, on ne leur laisse rien passer.

Kim elle-même a du mal à adhérer totalement à cette théorie : elle était au cœur de l'action ce jeudi-là, elle se demande parfois jusqu'où l'affrontement serait allé si le proviseur n'était pas intervenu. Personne n'était prêt à céder.

– On a quand même poussé le bouchon un peu loin, commente-t-elle, presque pour elle-même.

– Les surveillants ont jeté de l'huile sur le feu ! s'énerve Léno. Alexandre et Mehdi se prennent pour des cow-boys.

Anis se redresse légèrement :

– Si tu te sens si concernée, pourquoi tu ne t'étais pas engagée ?

– Parce que je joue déjà les casques bleus chez moi, ça me suffit !

Depuis que Léno s'est confiée à Céleste puis à Anis sur sa situation familiale, elle en parle facilement, tout au moins au sein de leur quatuor. Elle veille à mettre toujours tellement d'humour dans ses récits que c'est parfois difficile, même pour Anis, de savoir à quel point la situation l'attriste. Il décide donc de ne pas en rajouter. Kim, elle, semble soudainement inspirée :

– C'est vrai, pourquoi on ne se lance pas à quatre dans la défense d'une cause ? On aime passer du temps ensemble, ça serait juste une raison de plus pour nous voir !

Céleste lève la main, caricaturant l'élève sérieuse qui veut intervenir en classe :

– Je tiens à rappeler que côté bénévolat, j'ai déjà mon quota.

Sa réflexion attise la curiosité d'Anis :

– C'est vrai, ça. Tu nous as jamais raconté comment et surtout pourquoi tu es devenue bénévole. C'était quand même un choix étrange : tu débarques dans une nouvelle ville où tu as tout à découvrir, dans un nouveau lycée…

– … où il y a des gens sympas comme nous ! plaisante Léno.

Mais Anis ne se laisse pas déconcentrer :

– Et tu te bloques tous tes samedis. La journée entière en plus !

Céleste se redresse et pose les pieds au sol :

– Faut croire que j'aime les animaux.

La réponse convainc Kim. Léno estime que c'était un moyen comme un autre de nouer de nouvelles connaissances. Anis, lui, cherche à creuser le sujet :

– Sérieusement, Céleste ! Qu'est-ce qui t'a poussée ?

Personne ne m'a poussée, c'est plutôt le contraire. Voilà ce que se dit Céleste. Et là, les fesses bien calées dans ce pouf moelleux, entourée de ses trois acolytes, elle est tentée de l'expliquer à Anis et aux deux autres par la même occasion.

Malgré la promesse faite à tes parents ? la reprend une petite voix intérieure moralisatrice.

Au fil des semaines, Céleste a appris à compter sur Kim, Anis et Léno. Eux se confient à elle. Les autres, tous ceux qui lui ont tourné autour quand ils ont su qu'elle vivait seule, sont partis, faute d'invitations. Elle les fréquente encore sporadiquement. Mais ces trois zigotos forment sa bande. Ils sont devenus de vrais amis.

Ouais, comme tes copines de collège, lui souffle une autre petite voix intérieure, teintée d'amertume, elle.

Décidément, Céleste est très habitée ce midi. Mais elle n'aura pas l'occasion de trancher : son attention, comme celle des trois autres, est attirée par des éclats de voix près du bureau de Miss Tagada.

Alcatraz est entré en scène.

– Madame Valdher, je vais être clair : vos conseils de lecture, vous pouvez les garder pour vous.

Il en faut plus pour démonter Miss Tagada, qui lui rappelle, très calmement :

– Conseiller les élèves dans la lecture, suggérer sans imposer, c'est le cœur même de mon métier. Faire aimer la lecture, monsieur Catras. Aimer lire.

La note ironique dans sa voix n'a échappé à personne, même pas à Alcatraz, pourtant peu pourvu côté humour. La preuve, il choisit de répondre par l'humiliation :

– Non madame, votre métier, c'est de ranger les livres des auteurs dont le patronyme commence par B après ceux dont le patronyme commence par A. Pour le reste, laissez ceux qui s'y connaissent vraiment en littérature en parler aux élèves. Ça m'épargnera de lire dans les copies de mes élèves que Loïs Lowry est un auteur moins ennuyeux que Stendhal.

– Une autrice.

– Pardon ?

– Loïs Lowry est une femme. Quant à ce point de vue, quand on a seize ans, il se défend.

Tout le monde désormais suit la *battle* qui vient de s'engager, tout en se tenant à bonne distance : l'un des protagonistes est Alcatraz quand même ! Ceux qui filment ont pris la précaution de se planquer derrière un rayonnage. Le prof s'énerve un peu plus :

– Laissez-moi enseigner la littérature ! C'est déjà bien assez compliqué de remplir leurs petites têtes vides, si je dois en plus les débarrasser de vos mauvais conseils, je ne vais jamais m'en sortir.

La prof doc ne se laisse pas démonter :

– La lecture peut être un apprentissage de la littérature ET un plaisir. L'apprentissage n'en est que meilleur quand le plaisir est là.

Alcatraz balaye l'argument d'un revers de manche :

– Contentez-vous de ranger vos livres et d'épousseter vos étagères, et laissez-moi travailler en paix.

Miss Tagada en aurait souri s'il n'avait pas ajouté, d'une voix glaciale :

– Vous n'êtes qu'une illettrée planquée dans votre CDI.

Avant de tourner les talons et de sortir. La porte, munie d'un ralentisseur, met une éternité à se refermer. Enfin les langues se délient :

– M'dame, il a pas le droit de vous parler comme ça !

– M'dame, c'est lui le bouffon !

– Miss Tagada, il la sort d'où, sa tirade, d'un de ses bouquins qui puent la naphtaline ?

– Miss Tagada, vous voulez un bonbon ? Mais un fort, un qui pique !

La prof documentaliste les remercie d'un sourire silencieux.

Anis, Kim et Céleste sont outrés eux aussi, mais pas étonnés. Ils commencent à connaître l'énergumène. Il prend plaisir à rabaisser les élèves, pas étonnant qu'il en fasse autant avec ses collègues. Léno, elle, est scotchée :

– Promis les gars, plus jamais je ne vous charrierai quand vous vous plaindrez de ce fou !

Tous les élèves présents ont vu que Miss Tagada avait les larmes aux yeux quand Alcatraz est parti, pas un n'en a parlé.

*
**

Qu'est-ce qu'ils ont tous dans cette famille à mentir comme ils respirent ? Son père avait une maîtresse, sa mère a affirmé pendant des mois qu'il n'y avait « rien de grave », et maintenant, c'est Bleuwen qui la mène en bateau sur son petit ami.

– Je vous assure, répète une Léno très énervée ce matin dans le hall du lycée. Je l'ai entendue lui dire au téléphone hier : « C'était trop chouette cet aprem' ! »

– Tu espionnes encore ta sœur ? la gronde Anis.

Léno décide de régler ce point tout de suite :

– Non, même pas ! Je suis juste passée devant les toilettes et elle était en pleine conversation ! Forcément, ça m'a intriguée ! Entre nous soit dit, super romantique, la conversation aux toilettes… Mais ce n'est pas la question : pourquoi elle ne me dit pas la vérité ?

– Peut-être qu'il est venu sur Nice hier, suggère Kim.

Et reçoit en retour trois regards affligés et compatissants : tant de naïveté, c'est touchant.

– On sait jamais ! se défend-elle en haussant les épaules.

Léno a pitié :

– T'as raison Kim, mais dans ce cas-là, elle m'aurait dit qu'elle l'avait vu. Elle aurait été trop contente. Je sais pas, là, j'ai l'impression qu'elle m'a embrouillée dès le début. Comme si je ne devais pas savoir avec qui elle sort, comme si ça n'allait pas me plaire…

– C'est peut-être un type plus âgé, spécule Kim.

Et cette fois, sa suggestion ne lui attire aucune moquerie.

– C'est peut-être même un prof, poursuit Céleste. Après tout, tu as dit que ça avait commencé après la rentrée.

D'un geste vif, Léno porte ses mains sur ses joues :

– Oh my God, Dantec ! Son prof de philo ! Elle me répétait en boucle au début de l'année qu'il était juste trop beau ! Et plus un mot. Elle doit sortir avec lui !

– Ou il lui a collé une salle note, ironise Anis.

Kim, elle, se lance dans un étrange récit passionné : en ce moment, elle regarde une série où un prof tue l'élève avec qui il sort.

– C'était pas lui l'assassin ! rectifie Céleste, qui a visiblement une saison d'avance.

Ou pas :

– Mais c'est lui qui est à l'origine du crime, c'est pareil, rétorque, droite dans ses baskets, Kim.

– Ma sœur va pas mourir ! s'énerve Léno.

Anis pousse un long soupir :

– Est-ce qu'on ne peut pas juste laisser les gens tranquilles avec leur histoire d'amour ?

Léno lui adresse un regard en coin cette fois, du genre « ne me dis pas que toi aussi tu me caches quelque chose ». Céleste, elle, fixe ses chaussures : elle sait ce que cache cette remarque. Kim sourit : depuis leur « explication » au café, Anis a tout fait pour qu'elle se sente à l'aise avec lui.

Et ça a marché : elle n'est pas gênée en sa présence.

Trop bien même : cette attitude délicate l'a rendue encore plus amoureuse de lui !

*
**

Anis s'est fait avoir : certes, il a un chat, seulement celui-ci est toujours fourré dans la chambre de Valentine, à jouer ou à dormir avec son chaton de frère. Mais Anis s'en moque : il partage de si bons moments avec Valentine à juste regarder les deux chatons sauter, rouler en boule ou sursauter devant le miroir.

Anis a baptisé le sien Ragnar, comme le Viking. Celui de Valentine se nomme Cachemire. Chacun ses références et ses valeurs. La nature est parfois joueuse : Cachemire est un vrai bagarreur, alors que Ragnar se montre plutôt câlin et craintif.

Désormais, les animaux aussi se languissent quand Valentine est chez sa mère. Mais ce soir, ils font le spectacle en parcourant à toute vitesse le couloir de l'étage. Ils terminent leur course en roulé-boulé. Même Augustin, qui rentre de son entraînement de hockey sur glace, s'attendrit et s'attarde. Puis, comme si une information de la plus grande importance lui revenait soudain en tête, il annonce :

– Au fait Anis, ma pote Clarisse fait une soirée samedi prochain, ça te dit de venir ? Tu peux inviter tes amies !

L'étonnement est de courte durée. Anis comprend tout de suite ce qu'Augustin a derrière la tête. Ça lui déplaît fortement, et ça doit se lire en gros caractères sur son visage, car Augustin se défend tout de suite :

– Non mec, ne me colle pas de mauvaises intentions ! Tes copines sont canon, c'est vrai, mais… (Ça alors, Augustin est réellement mal à l'aise !) mais c'est Clarisse qui me fait craquer. J'espère bien que cette soirée me permettra… Bref ! Ça te tente ?

Anis est soulagé mais méfiant : ce type ne le calcule pas, et voilà qu'il l'invite à une soirée où il risque de se faire *friend-zoner* ! Soit il est masochiste, soit il a une autre idée derrière la tête… Une fois encore, Augustin perçoit son hésitation :

– Ça n'a pas bien commencé entre nous, et je me dis que c'est l'occasion de repartir de zéro. Qu'en dis-tu ?

Il en dit… Anis en dit qu'il ne sait pas, que…

– Je vais en parler à mes amies, je te dis ça très vite.

– Et moi ?! tente alors Valentine.

Après tout, une soirée avec son frère, non merci, mais avec Anis et ses amies, c'est une autre chanson : elle connaît Léno, elle aimerait rencontrer les autres.

– Ah, désolé sœurette, sourit Augustin. Ce n'est pas une soirée pyjama !

Les filles sont unanimes : il faut accepter l'invitation. Léno est ravie de recroiser le bel Augustin, même s'il a craqué sur une autre fille ; Kim est curieuse de rencontrer des premières ; Céleste, elle, n'est pas allée en soirée depuis ce fameux soir où… bref : il est temps de tourner la page. Anis, lui, a encore quelques réticences :

– J'ai du mal à savoir si Augustin est honnête ou pas.

– S'il ne l'est pas, nous serons là pour te soutenir, le motive Léno.

Trois voix pour, une abstention : ils iront à la soirée.

*
**

Kim, Léno et maintenant Céleste : les trois amies rivalisent de compliments sur la tenue d'Anis depuis leur arrivée à la soirée. Le garçon en serait flatté si sa chemise ne lui avait pas été prêtée par Augustin.

Deux heures plus tôt, la proposition de ce dernier l'a pris de court :

– Est-ce que je suis mal habillé ? s'est-il braqué.

Augustin, venu jusqu'au seuil de la chambre d'Anis pour l'occasion (grande première !), a esquissé un pas en arrière :

– Non, pas du tout ! s'est-il empressé de répondre. C'est juste que j'te vois jamais en chemise, c'est pas trop ton style. Alors que c'est plutôt le genre dans nos soirées. Et puis…

Et puis quoi ? Anis a attendu la vanne, elle n'est pas venue :

– Et puis… je sais pas, je me dis que c'est un truc qu'on fait entre frangins, non ?

Augustin a l'air si sincère qu'Anis se demande s'il y a eu une sévère explication entre le père et le fils après l'anniversaire de Valentine. Il faut reconnaître que, depuis, le grand frère est irréprochable. Anis hésite quand même : il a prévu de faire simple et de mettre un T-shirt. Mais c'est délicat de repousser le nouvel Augustin. Et le gars possède vraiment de belles chemises. Rien que pour voir la tête de Léno, ça vaut le coup d'en boutonner une.

Et en effet, Anis a scotché les filles. Mais maintenant, il aimerait que sa tenue ne soit pas le seul sujet du soir. Heureusement, la diversion arrive par Kim. Elle brandit son verre et annonce, d'une voix si sérieuse qu'elle en est comique :

– Vous savez quoi ? Leur cocktail de fruits, il y a de l'alcool dedans !

Léno la taquine gentiment :

– Tu croyais quoi ? Qu'ils servaient le jus multivitaminé de ton petit déjeuner ?

– Non, bien sûr que non, se défend Kim.

Céleste et Anis n'en rajoutent pas. Kim a un côté naïf qui les surprend encore régulièrement. Mais ça fait partie intégrante de son charme.

Et puisqu'on en est au registre charme… C'est la deuxième fois qu'Augustin vient leur demander si tout se passe bien pour eux, ce qui est plutôt sympa. Mais en s'adressant exclusivement à Léno, et en plongeant son regard dans celui de son interlocutrice, ce qui est plutôt impoli vis-à-vis des autres.

Courtoisie ou pas, cette attitude commence à chauffer Anis.

– Il veut juste se montrer sympa, le calme Léno.

– J'en suis pas si certain ! bougonne Anis.

Léno n'insiste pas : elle n'est pas venue pour se disputer avec son meilleur ami. Surtout si un programme plus agréable est envisageable. Augustin est vraiment un beau garçon, il a une classe folle. De plus, il a changé d'attitude envers Anis. Alors s'il a un peu craqué pour elle, Léno n'y voit aucun inconvénient. Absolument aucun.

– Et depuis quand tu t'intéresses à ce genre de types ? la questionne sèchement Anis.

– Ça veut dire quoi, « ce genre de types » ?

Les doigts de Léno encadrent de guillemets la fin de sa phrase, sa voix trahit une pointe d'énervement. Anis s'en rend compte mais – c'est une nouveauté – il ne lâche pas :

– Des mecs superficiels…

Léno non plus :

– Parce que pour toi, on est superficiel quand on a de l'allure ? C'est pour cela que t'as mis la chemise ce soir, c'était pour t'autoriser à être aussi con ?

– STOOOOOOOP !

En bon arbitre, Céleste s'est carrément glissée au milieu du ring et a étendu les bras : fin du round.

– Qu'est-ce qui vous prend tous les deux ?

– C'est lui.

– C'est elle.

Apparemment, Léno et Anis n'ont pas la même version.

– Pour une fois que c'est pas moi la gamine, se bidonne Kim.

– Quelqu'un veut un autre verre ? tente Céleste.

Et ça marche. Presque. Anis et Léno cessent les hostilités. Les amis trinquent à cette bonne soirée. Kim et Anis ont renoncé au jus de fruits « maison », Céleste et Léno ne se jugent pas encore assez « vitaminées ». Au fur et à mesure de la soirée, le groupe se mêle un peu aux autres invités, Kim retrouve deux filles de son club de natation synchronisée, Céleste entame la conversation avec ceux qui attendent comme elle que le saladier de cocktail soit de nouveau rempli. Léno, elle, évolue entre les groupes comme un poisson dans l'eau. Une jolie rousse invite Anis à danser. Il se détendrait presque si Léno ne venait pas de sortir sur la terrasse où justement Augustin se trouve seul. Tant pis pour sa partenaire, Anis a une soudaine envie d'air frais. Il repère Augustin et Léno.

– Super soirée, vraiment ! s'écrie-t-il, faussement joyeux.

Sans doute. Lui vient en tout cas de gâcher le super moment que Léno s'apprêtait à passer. Elle fusille son ami du regard. Mais il en faut plus pour démonter Anis.

– Augustin, maintenant que tu connais mes copines, à toi de me présenter un peu tes potes !

Augustin ne cherche pas à éviter la corvée. Tandis qu'il suit Anis, il se retourne et accompagne son clin d'œil à Léno d'un sourire éloquant : désolé pour toi ! Elle n'a pas d'autre choix que de les regarder partir en maugréant. Plus question d'aller vers de nouvelles connaissances, elle convoque ses copines.

– J'en peux plus ! Qu'est-ce qui prend à Anis de faire le chien de garde comme ça ?

Céleste a trop bu mais elle n'en a pas conscience. C'est l'argument qu'elle se resservira toute la nuit pour justifier sa réponse. En attendant, elle se soucie moins de son taux d'alcoolémie que de la défense d'Anis, son copain du premier jour de lycée :

– Tu ne comprends pas qu'il est amoureux de toi ? Que c'est pour ça qu'il ne peut pas supporter l'idée que tu sortes avec Augustin ?

Voilà, c'est dit. Mais apparemment, ce n'est pas bien entendu :

– Parce que tu connais les pensées secrètes d'Anis mieux que moi ? se moque Léno.

– Il faut croire que oui, il me l'a confirmé, tacle Céleste.

Cette fois, l'information est intégrée. Par Kim aussi, qui a entendu toute la conversation. Elle se revoit au café avec Anis. Une autre fille existait bien, et pour cause, c'était Léno ! Une Léno qui a besoin d'explications, alors elle étouffe son agacement :

– Pourquoi il te l'a dit, à toi ? Sans te vexer du tout, Céleste, c'est pas ça… je voudrais juste comprendre. C'est qu'Anis et moi, on est amis depuis si longtemps…

Ouf ! Léno a réussi à sortir toute sa tirade sur le ton le plus neutre possible. Céleste aimerait se taire, mais c'est trop tard, elle a été trop bavarde.

– Il ne me l'a pas dit. Je l'ai compris le midi où vous vous êtes embrouillés à cause de Nina. Il a d'abord refusé d'en parler. Puis il a fini par me confier qu'il avait même failli se lancer le jour où Poupouille vous a pissé dessus.

À l'expression de son visage, Kim et Céleste comprennent que Léno se rejoue la scène. Kim, de son côté, cherche à se souvenir quand cette conversation entre Céleste et Anis a eu lieu.

– T'étais absente, lui précise Céleste.

Kim serre les lèvres. Léno, elle, n'en demande pas plus. Anis est amoureux d'elle… Il n'a juste pas le droit !

Droit ou pas, ce n'est pas ce qui préoccupe Anis à cet instant. Augustin vient de le présenter à tous ses amis, et devant une jolie brochette de filles, il a lancé :

– N'est-ce pas qu'il est beau ! (Battements de cils féminins qui confirment.) Faut dire que je lui ai prêté ma plus belle chemise, je ne voulais pas qu'il me colle la honte non plus, le petit Kiabi.

Céleste : Anis, j'ai parlé de toi à Léno.

Anis : ???

Céleste : Je lui ai dit que t'étais amoureux d'elle.

Anis : Pourquoi ?????????

Céleste : Elle critiquait ton attitude à la soirée.

Céleste : Anis ?

Céleste : Anis, réponds !!!!

Céleste : Je suis désolée... J'avais trop bu, j'aurais pas dû.

Anis éteint son téléphone. Son regard se pose sur la chemise roulée en boule au pied de son lit. Pas de doute, ce dimanche matin a un goût amer de gueule de bois.

*
**

Prenez quatre amis. Trois filles et un garçon. Le garçon est amoureux de l'une d'entre elles. Elle l'apprend par l'une des deux autres. Résultat : le garçon et elle sont très mal à l'aise l'un en face de l'autre. Ajoutez à cela la colère que le garçon nourrit à l'égard de celle qui l'a balancé, et la gêne de cette dernière.

Reste à la quatrième de se dépatouiller au milieu de tout ça, tout en enterrant le plus profondément possible le béguin qu'elle a pour ce garçon.

On est bien d'accord, ce n'est pas gagné.

*
**

Les deux semaines qui suivent la soirée ne resteront pas dans les annales de l'amitié.

Quand elle les rejoint le temps des pauses, Léno noie ses amis sous un flot de paroles, histoire de ne laisser aucune chance à Anis de s'expliquer sur ses sentiments. Précaution inutile : il n'a pas l'intention de revenir sur le sujet, ni devant elle ni devant les autres.

Céleste a bien tenté de s'expliquer de vive voix avec lui. Elle s'est heurtée à un mur, elle s'est fait mal : Anis ne lui adresse la parole que quand c'est absolument nécessaire. Elle regrette d'avoir lâché son secret dans ces circonstances, mais elle a réussi à se convaincre qu'elle a rendu service à ses deux amis : une relation forte comme la leur ne peut pas être construite sur un tel secret.

– Il faut croire que si, la rabroue Léno quand elle lui expose son point de vue, un soir où elles se retrouvent à deux à la sortie du lycée. Anis et moi, on est inséparables depuis le collège, et il n'y a jamais eu la moindre ambiguïté entre nous !

– Parle pour toi ! rétorque Céleste.

Et là, Léno pose sur son amie un regard à la fois sévère et amusé :

– C'est toi qui utilises une formule pareille ? Si tu ne parlais que pour toi, tu nous aurais évité, à Anis comme à moi, une énorme gêne. (Léno marque un temps de réflexion.) Je ne sais pas comment ça se passait dans ta campagne normande, mais ici, l'amitié est un trésor, on ne joue pas avec.

Céleste manque de s'étouffer. Le prix de l'amitié, elle connaît. Elle se concentre pour n'afficher aucune émotion : ce n'est certainement pas le moment de révéler son passé à ses amis.

Ou à ces personnes qu'elle prenait pour ses amis.

Non, à ses amis ! Tout ne peut pas exploser pour si peu ! Certes, Céleste a gaffé, mais elle n'a rien fait de vraiment grave non plus. Léno aurait fini par apprendre qu'Anis est amoureux d'elle. Ou le comprendre. Après tout, il était décidé à l'embrasser ce samedi d'août. Et si, après tout, elle leur avait rendu service ?

Bon, à la moue boudeuse d'Anis et à la gêne de Léno quand ils se retrouvent, les deux concernés n'en sont pas encore à ce stade de la réflexion… Est-ce parce que les fêtes de Noël s'annoncent dans les vitrines et dans les rues ? Pour la première fois depuis qu'elle vit ici, Céleste a le cafard, sa famille lui manque.

Au milieu de tout ça, Kim tente de ménager l'un sans froisser l'autre. Elle qui avait pris la douce habitude de suivre les autres, se retrouve à décider de tout :

« Kim, tu veux qu'on aille manger à la cafétéria ? »

« Kim, tu veux qu'on aille réviser au CDI ? »

Kim voudrait juste qu'on arrête de lui poser des questions.

Quand Anis lui a laissé supposer qu'il y avait une autre fille, elle a d'abord pensé qu'il cherchait juste à la ménager. Puis elle l'a cru. Mais jamais, au grand jamais, elle n'a imaginé que c'était Léno…

Comme si ça ne suffisait pas, la situation n'a pas échappé au flair de Nina : les embrouilles l'attirent comme les excréments attirent les mouches. Elle ne sait pas ce qui divise cette bande si unie depuis le début de l'année, mais elle est bien décidée à le découvrir : ça fera un super scoop pour son compte Instagram.

Franchement, ça ne pourrait pas être pire. C'est en tout cas ce que croient Céleste, Léno, Kim et Anis.

*
**

Nina n'a pas su ce qui avait causé la discorde au sein des quatre fantastiques. Mais elle s'en moque éperdument. Ce qu'elle a appris est tellement énorme qu'elle décide de ne pas balancer direct l'information sur son compte Instagram, mais de précéder sa publication d'une semaine de *teasing*. Le résultat ne se fait pas attendre : elle gagne deux cent cinquante *followers* avant même d'avoir lâché sa bombe.

Celle-ci explose la première semaine de décembre. Le lundi, Nina de Nice annonce son premier scoop : « Il y a dans ce lycée un(e) élève qui a été jugé(e) pour harcèlement grave. (Garçon ou fille, entretenons le mystère !) »

Bouh ! C'est mal ! C'est moche ! C'est qui ? Le nombre de commentaires grimpe.

Mardi : « Cette personne a été condamnée à des travaux d'intérêt généraux [sic]. » (L'adjectif « général » s'accorde avec « intérêt » dans ce cas, mais c'est trop subtil pour Nina.)

Mercredi : « Il/elle a blessé un camarade qui a été hospitalisé pendant cinq mois. » (Cinq mois, cinq semaines, la nuance échappe à Nina qui privilégie avant tout l'intensité de son récit.)

Jeudi : « Il faut dire que le/la coupable a carrément essayé de tuer sa victime en la poussant par-dessus une balustrade. » (Au début, Nina avait ajouté : « Et tout ça pour une histoire d'amour !!!! Faut-il ne pas avoir de fierté pour se ridiculiser ainsi ! » Mais elle a finalement enlevé cette information. Elle s'en servira la semaine prochaine pour maintenir le suspense.)

En parallèle, un élève de terminale lance le hashtag céki, et c'est un vrai succès. Ça balance à tout-va dans le lycée, certains se révèlent de vrais dénonciateurs, d'autres de sacrés plaisantins. Les noms du proviseur et de quelques profs impopulaires circulent. Quelques élèves s'indignent quand même de cette mise à mort programmée.

Car c'est bien cela dont il s'agit.

Aucune phrase aguichante le vendredi sur le compte de Nina, qui a doublé en quelques jours son nombre de *followers*, mais un prénom et une classe.

Céleste. Seconde 7.

*
**

Le sol s'ouvre sous les pieds de Céleste quand elle découvre la publication de Nina ce vendredi matin. Bien entendu, elle a senti ces derniers jours l'étau se resserrer sur elle. Seulement personne sur Nice n'est au courant de son passé ! Enfin, quasiment personne.

Son oncle et sa tante connaissent toute l'histoire.

Le proviseur, qui a accepté de l'inscrire, en connaît une partie.

Au refuge, Mario sait qu'elle a été condamnée. Mais jamais il n'y a fait allusion devant les autres, que ce soit Fanchon ou Victor.

Plus encore, Céleste a toujours veillé à dire qu'elle venait de Normandie sans préciser sa ville d'origine. Impossible de remonter jusqu'à Léo.

Comment Nina a-t-elle eu vent de cette histoire ?

Est-ce qu'un surveillant a fouillé son dossier scolaire ? Un prof trop curieux ? Alcatraz ? Elle n'a jamais eu de vrais soucis avec eux…

Pour percer le mystère, il lui suffit d'aller s'expliquer avec Nina. Céleste l'aborde devant l'entrée du bâtiment. Les sauterelles qui l'entourent sont particulièrement agitées : elles veulent en savoir plus et se réjouissent à la perspective de cette explication en direct. Manque de chance, Nina se montre peu coopérative.

– Hors de question de donner mes sources, ironise-t-elle. Balancer les autres, ce n'est pas dans mes habitudes… à moi.

Des rires francs fusent, sans la moindre compassion pour Céleste, qui décide de ne pas insister. Elle repart sous les ricanements, et ce n'est que le début. À croire qu'un vendredi pourri va succéder au jeudi maudit.

En classe, les élèves de la seconde 7 condamnent Céleste sans la moindre forme de procès. Double crime : non seulement leur camarade a commis une faute lourde, mais en plus, elle s'est gardée de le dire. Sentence : le bannissement. Il se manifeste par des pas pressés dans le couloir, puis des regards en biais et des dos tournés en cours. Tous les élèves ou presque vont finir la journée avec un gros torticolis. Seule Nina a gardé toute sa liberté de mouvement : elle jubile.

Pas un ne laisse à Céleste l'occasion de se justifier. Cela tombe bien, elle n'en a pas la force. Il y a néanmoins une différence de taille entre ce jeudi de troisième et ce vendredi de seconde : Anis et Kim. Sans même se consulter, ils ont changé de place pour qu'à chaque cours, Céleste soit assise entre eux deux. À l'abri.

À la pause de dix heures, le trio découvre Léno qui attend sur le seuil de leur salle. Mais c'est sur Nina qu'elle se précipite :

– Espèce de garce ! Comment oses-tu porter des accusations aussi mensongères ? T'es qu'une langue de pute, tu sais ça ?

Oui, Léno peut se montrer très vulgaire quand elle est en colère. Et elle l'est. Nina, elle, veille à châtier son langage : on a la classe ou on ne l'a pas.

– Tous ces faits sont avérés, déclare-t-elle d'une voix hautaine. J'en donnerai le détail.

– T'as dû creuser bien profond dans le purin pour extraire toute cette merde. Mais après tout, c'est ton élément, ça doit te plaire.

– Je ne dis que la vérité, affirme Nina, d'une voix moins assurée cette fois.

Il faut dire que l'espace entre son visage et celui de Léno réduit dangereusement.

– Alors dis-moi qui t'a raconté tout ça, qu'on aille vérifier !

Céleste, jusque-là en retrait, tend l'oreille : l'information l'intéresse au plus haut point.

– Hors de question que je donne mes sources !

Décidément, Nina se découvre bien des principes… avant de poursuivre, de nouveau très assurée :

– Je n'ai pas eu besoin d'aide, il a suffi de tirer sur un fil et toutes les infos sont venues à moi.

Et pour cause : c'est un e-mail envoyé depuis une adresse inconnue et maintenant obsolète qui lui a transmis l'article et livré l'histoire sur un plateau.

Ce matin-là, à la pause, Céleste se retrouve seule face à ses trois amis qui ne lui ont pas tourné le dos, bien au contraire.

Cette crise a effacé les griefs : loin, la rancœur d'Anis parce que Céleste l'a trahi, disparue, la gêne de Léno face au autres. C'est Kim, tout délicatement, qui propose à Céleste de parler.

– Ou pas ! conclut-elle dans un sourire.

Les dix minutes restantes ne permettront qu'un exposé rapide des faits. Oui, Céleste a été condamnée à des travaux d'intérêt général qu'elle exécute au refuge de Carros...

C'est pour cela qu'elle a refusé de venir en ville pour chercher le cadeau de Valentine, comprend Kim. *Elle ne pouvait pas s'absenter.* Mais elle garde sa réflexion pour elle : pas question d'interrompre le récit.

... parce qu'elle s'en est prise violemment à un garçon de sa classe. Dans un accès de colère, elle l'a poussé et il est passé par-dessus une balustrade. A-t-elle souhaité cette chute ou est-ce accidentel, Céleste préfère jouer la franchise : elle se pose encore la question et n'a toujours pas la réponse.

– Ce garçon... c'est lui dont tu parlais quand on a mangé chez toi ? C'est à cause de lui que tu as déménagé ici ? hasarde Léno.

Céleste leur a parlé de Léo ? Elle n'en a aucun souvenir ! Puis ça lui revient : elle a évoqué un chagrin d'amour...

– Oui, c'est ça, concède-t-elle d'une voix sourde.

Comprenez : je n'en dirai pas plus.

– OK, lâche Kim.

– OK quoi ? questionne Anis, intrigué.

– OK, on sait ce qui s'est passé. Maintenant, tu as été… jugée (Kim a du mal à prononcer ce mot, ça lui semble si étrange !), tu as été condamnée, ce n'est plus à nous, ou aux autres, de le faire.

Son copain fixe ce gracieux bambou qui se balance doucement : elle a foutrement raison ! Léno pousse le raisonnement encore plus loin :

– Si tu veux, après les cours, je t'accompagne au commissariat pour que tu portes plainte contre Nina. C'est interdit ce qu'elle a fait.

Là, Céleste s'affole :

– Non, surtout pas, je ne veux pas jeter de l'huile sur le feu ! On va bien voir ce qui se passe. Le lycée est grand, tout cela sera vite oublié.

– Elle a raison ! affirme Kim. Plus personne ne parle de Marée verte et des poubelles.

Certes. Mais ce n'est pas la même chose. Ni Anis ni Léno n'ont le cœur de le signaler.

– Réfléchis à cette histoire de plainte, la relance Léno, avant de filer vers sa salle de cours.

Mais Céleste semble fermée à l'idée.

– Parles-en au moins à tes parents, lui suggère doucement Anis, avant de rabrouer un groupe d'élèves qui fixent Céleste intensément.

*
**

Céleste s'est donné jusqu'aux vacances de Noël. Si la situation ne s'est pas arrangée d'ici là, elle se confiera à ses parents. Elle leur expliquera bien qu'elle n'est absolument pas à l'origine de cette crise, qu'elle n'a parlé à personne de cette histoire.

Cela fait des jours qu'elle se rejoue ses premières semaines sur Nice pour trouver la faille. Elle a même imaginé que Rose ou Lune avait parlé d'elle à un camarade de classe qui avait un aîné dans le lycée. Non seulement ils n'ont pas le même nom de famille, puisque Nicolas est son oncle maternel – le rapprochement serait donc dur à effectuer –, mais en plus, ses cousins ne sont au courant de rien. Céleste le sait, elle l'a vérifié auprès de Fanny, l'air de rien. Sa tante lui a demandé pourquoi elle posait la question, la nièce a affirmé que c'était juste pour savoir, Fanny a fait semblant de la croire, mais depuis elle lui propose presque tous les soirs de venir boire un thé et papoter après les cours...

Du côté du refuge, Céleste n'imagine pas une seule seconde Mario se répandant dans les bars niçois sur les actes de délinquance de sa dernière recrue. Certes, il aime aller boire un verre avec ses amis, Fanchon le charrie souvent sur le sujet, mais jamais il ne jugerait une personne sur ses actes. Il suffit à Céleste pour s'en convaincre de se remémorer la réponse cinglante que le directeur du refuge lui avait faite après les propos qu'elle avait tenus à Alcatraz. Quant à Fanchon, Victor et les autres, ils ne savent rien.

Ce matin encore, à la pause, Céleste entend que cela jase dans son dos à la table voisine. Elle joue celle qui n'entend pas. Ses amis aussi. Ils n'osent pas se montrer curieux, mais Céleste sent bien qu'ils ont envie d'en savoir plus. Et c'est presque pire. Alors elle leur lâche des bribes de son cauchemar : le tribunal, son exclusion du collège, la décision de déménager. Elle garde pour elle tout ce qui a précédé ce maudit jeudi. Par contre, après plusieurs jours, quand elle a la certitude qu'ils ne la lâcheront pas, Céleste raconte à ses nouveaux amis comment les anciens l'ont tous abandonnée.

– Tous ? s'étrangle Léno.

– Tous, soupire Céleste.

Ce n'était pas le moment de parler de Lou. (Ce n'est jamais le moment de parler de Lou.)

– Nous, on te lâchera pas ! clame Kim.

Coup de chance, Céleste ne voit pas le rictus nerveux au coin de la bouche de Léno.

*
**

– Moi je dis : on la connaissait pas, affirme Anis. On croyait la connaître, mais on n'a vu que ce qu'elle voulait bien nous montrer : son studio, son bénévolat. (Le garçon marque un temps d'arrêt.) Bénévolat qui n'en était pas ! Tout ce qui faisait d'elle une fille cool. Alors qu'en réalité, c'était une harceleuse ! Et une vraie. Elle est allée jusqu'à blesser un garçon. Tu vois qu'elle nous a menti !

– *Quiet please* !

Quiet… quiet… peut-être, mais le cours d'anglais en demi-groupe avec Léno est une occasion de parler de Céleste sans qu'elle les entende, il faut en profiter. C'est moche, mais c'est comme ça. Les premières fois, ils ont spéculé sur ce qu'elle avait réellement fait, ils s'en sont inquiétés même, tout en la plaignant sincèrement. Maintenant, ils ne se posent plus de questions mais l'unité n'est plus au rendez-vous.

– Et qu'est-ce qui te dit que tout ça, ce n'était pas la vraie Céleste ? rétorque à voix basse Léno. Tu l'as vue comme nous au refuge, collée par ce vieux chien qui pue ! Je n'ai pas eu l'impression d'être face à une psychopathe.

Pas plus qu'elle ne s'est sentie en danger le soir où elle s'est réfugiée chez elle. Bien au contraire !

– Moi non plus, glisse Kim, les yeux rivés sur le tableau.

Comme une élève qui serait *totally focused on the lesson.*

– Tu opposes tous les moments que l'on a passés avec elle à un seul où elle a déraillé, et c'est celui-là qui gagne ? insiste Léno.

La bouche d'Anis se tord :

– C'est pas ce que j'ai voulu dire. Je lui reproche de ne pas nous en avoir parlé. On est suffisamment proches, non ? On a eu l'air de quoi à découvrir ça sur la page de Nina.

– *Watch out*, Anis, tu biatches comme une fille !

Kim a sorti sa réplique d'une voix monocorde, les yeux toujours fixés vers la professeure, mais Léno retient difficilement son envie de rire. Puis son sourire s'efface : elle doit éclaircir un point.

– Anis, tu n'es quand même pas du côté de Nina ?

La neutralité de sa voix ferait pâlir de jalousie le plus suisse des Suisses, mais Anis est vexé :

– Tu ne vas pas remettre ça sur le tapis !

– Je ne remets rien sur le tapis, je questionne, c'est tout. On est à cent pour cent avec Céleste, non, c'est pas ce qu'on a dit dès le premier jour ?

Si, valide en silence Kim. Elle aussi a été très choquée en découvrant le passé de Céleste. Mais elle a choisi de ne pas la juger hâtivement.

– *Anis, Léno, out !* Passez à la vie scolaire ! s'énerve la professeure d'anglais.

Les deux amis remontent le couloir sans un mot. Ce n'est qu'une fois dans l'escalier que Léno s'arrête :

– Anis, attends, on va pas se fâcher, pas nous, pas pour ça.

La silhouette de son ami s'immobilise mais ne se retourne pas. C'est peut-être plus facile pour Léno ainsi.

– Tu n'en veux quand même pas à Céleste parce qu'elle m'a dit que… que… enfin tu sais.

– Non, c'est pas ça, marmonne Anis, qui fait volte-face. C'est juste que, je sais pas, je me suis senti trahi.

– Mais trahi de quoi, mec ? s'énerve Léno malgré elle. On n'a rien à voir avec la vie de Céleste avant, pourquoi elle nous aurait raconté tout ça ?

Elle hésite, elle ne peut pas prendre son cas en exemple, puisqu'elle a raconté à ses amis la guérilla parentale qu'elle subissait chez elle. Puis elle se décide :

– Tu lui as dit, toi, pour ton père ?

Aïe ! Léno le pressentait, elle ne devait pas aller sur ce terrain sensible. Elle n'a pas su se retenir. L'effet est immédiat. Le visage et le corps d'Anis se figent. Léno croit presque entendre les clacs des verrous qui se ferment.

– J'ai pas voulu…, tente-t-elle en vain.

« On doit aller à la vie scolaire » est tout ce qu'elle obtient comme réponse. Tandis qu'ils arrivent près du bureau des surveillants, Léno reconnaît la silhouette avachie sur le chambranle de la porte.

– Anis, t'as vu, c'est Bleuwen. Qu'est-ce qu'elle fout là ?

– Faut croire qu'elle est comme sa sœur, elle ne sait pas se taire en cours.

Léno ne s'y méprend pas, la réplique n'a pas été lâchée sur le ton de la plaisanterie.

– Je t'ai dit que j'étais désolée…

Est-ce le ton suppliant de sa voix ? Cette fois, Anis se retourne et lui adresse une esquisse de sourire triste.

– Allez viens, on va se faire pourrir ensemble.

Les frangines Cloarec doivent avoir un super-pouvoir : Bleuwen plaide leur cause auprès du seul surveillant présent, Léno ajoute juste ce qu'il faut (cette fois) et les deux amis s'en sortent à bon compte. Alexandre les note juste absents sur la fin de leur cours d'anglais. Aucun message n'est adressé à leurs parents. Bleuwen, qui était, elle, juste venue récupérer un papier, décide quand même d'exercer un chantage aussi classique que mesquin sur sa petite sœur :

– Si tu ne fais pas tout ce que je demande, je balance aux parents que tu t'es fait virer.

– Bah, avec papa, ça fera deux, lui rétorque Léno.

Bleuwen grimace : si elle se doute que le meilleur ami de sa sœur est au courant de la situation, elle n'a visiblement pas envie que le sujet soit abordé devant le surveillant. Anis, lui, culpabilise : cette odieuse histoire avec Céleste a occulté les problèmes familiaux de Léno. Avant qu'ils ne se séparent pour le cours suivant, il attrape son amie par la manche :

– T'as raison pour Céleste, elle n'avait pas à nous raconter.

Léno se retient de fanfaronner, le sourire qui envahit son visage pousse Anis à continuer :

– En fait tu sais, depuis la rentrée, tout allait bien… ou presque.

Songe-t-il à Augustin ?

– Et du coup, je crois que ça m'a bien énervé que tout explose.

Son amie dégage son bras : depuis la soirée, elle n'est plus à l'aise lors des contacts physiques avec Anis. Elle pose quand même sa main sur son épaule :

– À nous de recoller les morceaux alors !

*
**

L'idée est audacieuse mais elle vaut le coup : si ça fonctionne, Nina ne devrait plus oser s'en prendre à Céleste pour un bout de temps. Elle est simple : Anis et Kim vont aller trouver Alcatraz pour lui demander de consacrer l'heure de vie de classe au *bashing* de Céleste. Si l'ennemi public numéro 2 ratatine l'ennemie publique désormais numéro 1, cette dernière hésitera avant de recommencer. C'est l'ironie de la situation : les deux amis qui ont tant condamné la force de frappe de leur enseignant comptent en faire usage. À la guerre comme à la guerre, et il n'y a que les imbéciles qui ne changent pas d'avis.

Mais ils ne sont pas tombés d'accord sur la formule la plus appropriée à la situation. Autre point de discorde : fallait-il parler de ce projet à Céleste ? Kim avait eu peur qu'elle refuse : qui aurait envie de voir sa vie privée déballée devant ce détraqueur à la *Harry Potter* ? Léno était indécise. Anis a tranché : plus de secret.

Effectivement, Céleste ne s'y oppose pas, mais pas question qu'elle aille elle-même se mettre à genoux devant Alcatraz.

– Je n'en suis pas là quand même !

Non, mais pas loin : cet après-midi encore, des élèves ont crié « boum badaboum » sur son passage, c'est devenu un jeu à la mode. Cela ne suffit pas à la convaincre, et Anis et Kim restent donc seuls à la fin du cours pour parler à Alcatraz. (Enfin, à monsieur Catras, ce n'est pas le moment que leurs langues fourchent !) Le professeur commence par râler : écouter les élèves, il n'a pas que ça à faire, il doit partir… *Pas parce qu'il a un chien à sortir*, songe Anis. Mais il garde sa réflexion pour lui, ce n'est pas le moment de se le mettre à dos. Kim, elle, profite du premier silence de son enseignant (ne surtout pas l'interrompre, il déteste cela !) pour se lancer : elle déballe à toute vitesse les tenants et aboutissants de l'histoire.

La lycéenne veille à être très factuelle, elle évoque la souffrance de Céleste sans emphase (figure de style consistant à employer un mot ou un groupe de mots d'une force expressive exagérée par rapport à l'idée exprimée, ils l'ont étudiée récemment). Cela fait beaucoup d'éléments à intégrer en très peu de temps, et le visage d'Alcatraz trahit ses efforts de concentration. Il prend quelques secondes avant de répondre, puis tranche :

– Cette heure de vie de classe est consacrée à votre orientation, aux choix qui détermineront votre avenir. Pas question que je la gâche à régler des conflits de bac à sable.

– Mais, monsieur…, commence Kim.

Anis ne la laisse pas finir :

– Viens. Y a rien à attendre de ce… bouffon.

Oui, il a prononcé ce mot très distinctement.

Oui, Alcatraz l'a entendu. Mais il ne relève pas.

– À croire qu'il était d'accord avec moi, commentera Anis quand Kim et lui feront le récit de leur défaite à Céleste et Léno, qui les attendaient fébrilement dehors.

*
**

Cette fois, ce sont trois élèves que Céleste ne connaît absolument pas qui l'abordent alors qu'elle vient de s'asseoir à la cantine. Oh, elles ne sont pas méchantes, elles veulent juste en savoir plus : comment un chagrin d'amour peut-il pousser à la tentative de meurtre ?

Meurtre, carrément.

Céleste ignore leurs questions, mais les filles sont apparemment bien motivées.

– Crois pas qu'on soye (ah le subjonctif !) du côté de Nina de Nice, c'est moche ce qu'elle a fait ! affirme l'une.

– Ouais… hyper moche, confirme la seconde, tandis que la troisième vérifie du coin de l'œil que ladite Nina n'est pas à portée d'oreilles.

Ce n'est que quand Anis les menace d'un véritable génocide de fouille-merde qu'elles détalent. Et encore, une des trois hésite : apparemment, elle ne connaissait pas le sens du mot « génocide ». Céleste, elle, écourte son repas. Elle n'a plus très faim.

– Je vous attends dehors, lance-t-elle à ses amis. J'ai besoin d'être seule.

Anis scrute Léno du coin de l'œil. Cette dernière louche sur les frites de l'assiette de son amie : va-t-elle oser les finir ? Il faut croire que oui. Kim, elle, regarde Céleste sortir : cette histoire semble lui avoir fait tant de mal…

Une fois dehors, Céleste prend une grande bouffée d'air et fixe intensément le ciel bleu. Mais cela ne suffit pas à libérer sa poitrine oppressée.

Cela ne s'arrêtera donc jamais ?

C'est en baissant les yeux qu'elle aperçoit le paquet de bonbons. Des fraises Tagada. Madame Valdher lui adresse un grand sourire :

– Tu sais que nous sommes là pour t'aider.

Céleste grimace : il faudrait peut-être se mettre d'accord avec Alcatraz. La prof documentaliste poursuit :

– Ce qui t'arrive n'est pas normal.

– Ne dites rien aux autres.

Miss Tagada soupire :

– Je suis là quand tu veux pour aller voir le proviseur avec toi. Songes-y.

Céleste se contente de hausser les épaules : et ça changerait quoi ? Il va mettre un blâme à tous les élèves qui ont un compte Instagram ? Elle préfère changer de sujet :

– Vous devriez pas être au CDI en ce moment ?

– Oh la, si !

Miss Tagada joue la prof prise en défaut puis secoue son paquet de bonbons :

– Mais j'avais une envie urgente de fraises. Allez, ressers-toi.

*
**

C'est l'information du jour : Nina ferme son compte Instagram ! *Bye bye* les milliers de *followers*, elle a besoin de calme et de sérénité. Elle souhaite se recentrer sur ses amies qu'elle ne voit plus assez, préparer Noël dans un pur esprit familial, et se concentrer sur sa *love story*.

– Parce qu'elle a un mec ? s'interroge à voix haute Léno. C'est une mytho.

Nina reviendra peut-être ensuite, elle ne sait pas encore. *Vous allez tous juste mais tellement me manquer ! #love #quelleexpérience #demainestunautrejour #NinadeNiceforever.*

Céleste ne sait pas quoi penser.

– Quel dommage qu'elle n'ait pas pris cette décision un mois plus tôt ! regrette Kim.

Léno hausse les épaules :

– Tu parles, c'est à cause de Céleste qu'elle ferme son compte. Elle a trop peur.

– Peur de quoi ? questionne la concernée. Ce n'est pas comme si elle avait eu des problèmes avec le proviseur, et je n'ai pas non plus porté plainte.

– Non, parce que je t'ai retenue…

– Comment ça, tu m'as retenue ?

La fierté inonde le visage de Léno :

– J'ai fait courir la rumeur que tu allais porter plainte, que j'essayais de t'en dissuader, pas pour préserver Nina, ça n'aurait pas été crédible, mais pour t'épargner le juge de nouveau… Et Radio Couloirs est très efficace ! J'ai même sous-entendu que les parents de Nina allaient la défendre bec et ongle et que tu te ferais massacrer. Que c'est toi qui serais perdante.

– Et alors, pourquoi elle aurait eu peur ? demande Kim.

Cette fois c'est Anis qui fournit l'explication : il a compris le stratagème de Léno.

– Parce que les parents de Nina sont tout sauf cool. Au collège, toute la classe avait été sanctionnée après une sortie scolaire parce qu'on avait été disons… un peu remuants. Un samedi matin entier en colle ! Eh bien, Nina nous avait raconté qu'elle s'était vraiment fait pourrir par ses parents. Ils lui avaient même pris son portable un mois.

– Ils n'auraient pas dû lui rendre, commente Céleste.

Une plaisanterie de Céleste, ces temps-ci, c'est aussi rare et précieux qu'une perle dans les huîtres de Noël. Pour la première fois depuis longtemps, la jeune fille espère un peu : sans Nina qui l'entretient, cette histoire va s'éteindre tout doucement. Du moins, elle veut y croire.

– Le seul truc positif, conclut-elle, c'est que maintenant vous êtes au courant de mon histoire. Je m'en veux de ne pas vous avoir raconté tout ça plus tôt.

– T'allais quand même pas te pointer le premier jour et nous dire : « Salut, moi c'est Céleste, j'ai envoyé mon ex à l'hosto », la charrie Anis.

Kim sourit : ce premier jour de lycée restera un grand souvenir de leur amitié. Céleste grimace très légèrement sur le mot « ex ». Léno sort les violons :

– Plus de secrets entre nous !

– Plus de secrets ! reprennent trois voix en chœur.

La scène est si touchante qu'on pourrait presque penser qu'ils sont tous sincères.

*
**

Quand elle promettait « plus de secrets », Léno n'imaginait pas que la vie-cette-garce allait la mettre à l'épreuve à peine une semaine plus tard. De toute façon, comment garder pour elle une telle découverte ? Ce soir, Léno a trouvé un test de grossesse dans la poubelle de la salle de bains qu'elle partage avec Bleuwen. Elle jetait son coton de démaquillage quand son regard a été attiré par la tige en plastique.

Positif, le test.

Bleuwen est enceinte. Il ne manquait plus que ça pour que cette fin d'année soit absolument inoubliable !

Résumons :

1/ Les parents de Léno vont se séparer.

2/ Anis, son ami de toujours, est amoureux d'elle. Sentiment absolument pas réciproque.

3/ Céleste, sa nouvelle amie, a balancé son ex-petit ami par-dessus une balustrade et a été jugée et condamnée pour cela.

4/ Cette amie est maintenant victime de harcèlement au lycée, suite à la dénonciation de Miss Pétasse.

5/ Et enfin, le final, l'apothéose : sa sœur est enceinte !

Léno devrait peut-être vendre sa vie à des producteurs de séries, elle tient un bon début.

Avant de tout balancer à ses amis, elle se décide à aller trouver Bleuwen : une saine intuition lui souffle que c'est la première étape.

– Enceinte ? Mais ça va pas ? T'es raide dingue ou quoi ?

Il est clair que cette dernière nie en bloc. Léno ne se sent pas l'énergie d'argumenter pour que sa sœur reconnaisse l'évidence. Après avoir répété plusieurs fois à Bleuwen qu'elle pouvait lui faire confiance, elle coupe court à la conversation et balance sur le classeur que cette dernière tient sur les genoux le test de grossesse.

Toujours positif.

Bleuwen esquisse un mouvement de recul.

– C'est dégoûtant, dégage-moi ça de là !

Puis elle saisit l'objet du bout des doigts, et pose la question la plus incongrue qui soit :

– D'où tu sors ça ?

Et obtient donc une réponse à la hauteur de cette question :

– Je l'ai acheté sur Vinted, on voit bien que c'est un vrai, non ?

– Bordel, je te dis que je suis pas enceinte !

Léno soupire. Si sa sœur ne se sent pas suffisamment en confiance pour partager cette difficulté avec elle, c'est bien triste.

– Bon, je te laisse prévenir l'homme invisible qu'il va être papa…

Elle sort de la chambre de sa sœur sans se retourner. Cependant, elle espère toute la soirée que Bleuwen va pousser la porte de la sienne. En vain. Quand elle se couche enfin, Léno a très envie de pleurer.

*
**

Bien sûr, il a refusé de laisser son heure de vie de classe dégénérer en débat incontrôlé sur le thème « les réseaux sociaux et leurs dégâts ». Ce n'est quand même pas son travail ! Ces jeunes auraient palabré une heure sans avoir la courtoisie de s'écouter, et chacun aurait campé sur sa position.

Il n'y a rien à tirer de cela.

Par contre, le professeur n'a pas laissé l'occasion à Nina de s'exprimer. Quand il l'a coincée – enfin ! – seule cet après-midi-là, les propos de monsieur Catras ont été on ne peut plus explicites : elle fermait immédiatement son compte machin-gram ou il se chargeait lui-même de véhiculer Céleste jusqu'au commissariat de police et l'aidait à formuler son dépôt de plainte.

Alain Catras a beaucoup de défauts, mais il ne laissera pas une adolescente en pâture à une meute de justiciers en herbe.

*
**

Une grossesse à seize ans, waouh, ça, ni Anis, ni Céleste, ni Kim n'ont la réponse appropriée à une telle annonce. Léno s'en doutait, mais partager la nouvelle avec ses amis rend celle-ci un peu moins terrible. Ce midi, la bande s'est posée dans une salle de classe laissée à la disposition des élèves qui souhaitent travailler pendant la pause du déjeuner. Bien sûr que cette espèce existe, mais elle est rare : les amis peuvent discuter en toute discrétion dans la pièce qu'ils sont seuls à occuper.

– Franchement, je ne sais pas quoi faire, poursuit Léno. Je vous assure, elle nie tout en bloc.

– Elle fait peut-être un déni de grossesse, hasarde Kim. Ça existe !

– Sauf qu'elle a fait un test, la contredit Céleste. Elle refuse juste de voir la vérité en face.

– Et si vraiment ce n'était pas elle, tente Anis.

Il ne récolte que des ricanements : décidément, les mecs ne comprennent rien à rien. Il a l'habitude et il lui en faut plus pour se démonter :

– Ça peut être une de ses amies qui a préféré faire le test chez vous, pour plus de discrétion ?

Et là, à l'unanimité de trois voix, les filles admettent que la théorie du seul gars de la bande tient la route.

– Elle aurait voulu couvrir sa copine, c'est pour ça qu'elle ne t'a rien dit de plus.

La réflexion ne sera pas poussée plus loin, Alexandre et Mehdi entrent dans la salle. La mâchoire de Kim se contracte : depuis l'affaire des poubelles, elle n'aime pas être dans la même pièce que ces deux-là.

– Cette salle est réservée, vous ne pouvez pas rester ! annonce Mehdi.

– Ah oui, et c'est marqué où ? demande Léno.

D'un geste de la main, Kim lui signale qu'il est préférable de ne pas jouer la provocation. Mais Léno ne redoute plus Alexandre depuis qu'il s'est montré plutôt cool avec Anis et elle la semaine précédente.

– Là, en grand sur le tableau, la tacle Mehdi.

Effectivement, la réunion du club théâtre y est annoncée en grand.

– Autant pour nous ! reconnaît bonne joueuse la lycéenne, avant d'interpeller Alexandre : Ça va, t'es tout blanc ?

Le gars mérite qu'on prenne soin de lui. D'autant plus qu'il est vraiment livide, comme s'en inquiète maintenant aussi Mehdi.

– Tu te sens pas bien ?

– C'est rien, c'est rien, assure le garçon. Sûrement un truc pas cool que j'ai mangé.

– C'est ça quand on se ressert à la cantine ! plaisante, à voix basse cette fois, Léno.

Et le groupe file sans demander son reste.

*
**

Léno n'a rien compris à ce qui vient de se passer : sa sœur a déboulé en furie dans sa chambre.

– Ça va pas de raconter dans tout le lycée que je suis enceinte ! T'es complètement barge !

Elle semble vraiment très en colère, alors Léno décide de ne pas répondre sur le mode ironique.

– Je n'en ai pas parlé à tout le lycée comme tu le hurles, mais juste à mes amis. Je m'inquiétais pour toi parce que tu refusais d'admettre cette grossesse. Mais apparemment, tu as progressé sur ce chemin.

– Je ne suis pas enceinte, lâche Bleuwen entre les dents.

– Et moi, j'ai attendu d'être seule dans une classe de perm' pour le dire à mes potes, il n'y avait absolument personne, on a juste été dérangés par…

Léno se tait. Elle vient de comprendre. Le copain invisible, la clémence du surveillant l'autre jour quand Bleuwen était là, à rire bêtement devant lui. Aucune photo sur le téléphone portable. Alexis… Alexandre.

– Tu es enceinte et c'est Alexandre le père !

– Je ne suis pas enceinte, lui répond d'une voix froide Bleuwen.

Elle n'a pas nié le reste. Léno ne sait pas comment regagner la confiance de sa sœur.

– OK, t'es pas enceinte, je te crois. Je ne sais pas ce que ce test de grossesse foutait là. Pour le reste, je ne dirai rien, à personne, c'est promis.

– Il risque sa place.

– Promis, je me tairai. Mais…

– Mais quoi ?

Léno lui adresse un clin d'œil complice :

– C'est le seul moyen que t'as trouvé pour sécher les cours sans avoir de soucis ?

*
**

Alexandre a été difficile à convaincre : non Bleuwen n'était pas enceinte, oui, elle en était certaine, non, elle n'avait aucune idée de ce que ce test de grossesse faisait chez eux.

Enfin si, une toute petite, mais tellement incroyable qu'elle préférait ne pas en savoir plus. Chez eux, il y a trois personnes susceptibles de se retrouver dans cet état : Léno, Bleuwen et... leur mère.

Alexandre était aussi en colère que stupéfait quand il l'a fait sortir de cours cet après-midi pour s'expliquer avec elle. Et dire qu'il entoure leur idylle du plus grand des secrets, son intervention n'était pourtant pas discrète.

Une fois encore, Bleuwen lui a assuré que sa petite sœur n'était absolument pas au courant de leur histoire. Non, il n'aurait pas dû se montrer plus strict avec Anis et elle l'autre jour. Il ne s'est pas grillé. Bleuwen sait qu'ils doivent être très prudents. Et elle l'est.

Si la direction de l'établissement avait vent de leur histoire, son amoureux serait renvoyé sur-le-champ. Or cet étudiant de vingt-trois ans a vraiment besoin de ce poste à mi-temps pour vivre. Depuis le début, Alexandre se montre donc très vigilant : aucune manifestation de tendresse dans le lycée bien entendu, mais également dans le moindre lieu public. Bleuwen trouve cela exagéré et inutile : s'ils sont aperçus à deux dans un restaurant ou un cinéma, les rumeurs iront bon train, pas besoin de s'embrasser ou de se tenir la main pour ça. Aucune photo non plus. Bleuwen l'a bien supplié de la laisser en prendre une de lui tout seul, mais il a refusé. Plus dur encore, elle n'a pas son numéro de téléphone. Ils communiquent via Facebook et Messenger. Et jamais Alexandre ne lui adresse le moindre mot ou la moindre émoticône qui trahiraient la nature de leur relation.

Tout cela n'est pas très romantique. Certes.

Mais Bleuwen s'en accommode. Car toute cette retenue disparaît quand ils se retrouvent à deux dans le petit studio qu'Alexandre loue dans le centre-ville. Libéré de ses peurs, son petit ami se dévoile. Il la couvre de tendresse, de baisers, s'intéresse à elle, à ce qu'elle aime, ce qu'elle est. Et surtout maintenant, quand ils font l'amour, il l'emmène sur des chemins insoupçonnés.

Les vacances de la Toussaint ont été une parenthèse magique. Pendant trois jours, Bleuwen a pu voir Alexandre sans surveiller ses gestes.

Avec lui, tout a commencé sur un malentendu. Nouveau dans l'établissement, un air juvénile : il n'en a pas fallu plus pour que Bleuwen le prenne pour un élève. Heureusement, elle ne lui a pas demandé s'il était en seconde… Une semaine après la rentrée, il semblait encore hésiter entre le couloir de gauche et celui de droite, et elle lui a conseillé d'éviter d'aller à gauche : ça menait à la vie scolaire et au repère des pions.

– Tous des cons ! a-t-elle commenté, fière de sa rime devant cet inconnu au sourire timide, avant de lui demander : Tu es en quelle classe ?

– Je ne suis pas élève, je suis un con, lui a-t-il répondu, se délectant à l'avance de son effet.

Et là, Bleuwen a tout simplement éclaté de rire. Elle n'a pas bafouillé, elle ne s'est pas excusée, elle a juste ri puis a enchaîné :

– Bienvenue au lycée Masséna !

Alexandre lui a confié plus tard que son rire avait tout déclenché. C'était en réalité son premier jour de travail et il a compris, avant même de commencer, que ce serait plus compliqué que prévu de respecter le règlement à la lettre.

*
**

Vacances de Noël.

Céleste est dans l'avion qui la ramène chez ses parents. Cette fois, elle a dû enregistrer sa valise : son oncle l'a chargée de cadeaux pour toute la famille. Elle a hâte de retrouver les siens. Leur racontera-t-elle le tsunami qu'ont déclenché les publications de Nina ? Elle ne sait pas encore. D'autant plus qu'elle est incapable de leur expliquer comment cette garce a eu connaissance de sa condamnation. La situation se calme tout doucement. Ses amis ont été si chouettes pendant tout ce cauchemar, jamais ils n'ont douté, jamais ils ne l'ont abandonnée. Céleste est bien chanceuse de les avoir rencontrés. Ses pensées tendent malgré elle vers Lou. Elle aussi a été une formidable amie. Ira-t-elle la voir cette fois ? Céleste n'a pas envie de répondre à cette question.

*
**

Vacances de Noël.

Bien calée dans le lit, Kim relit une fois encore le message que Jacques lui a envoyé ce matin. Quand elle a vu son nom s'afficher, elle s'est réjouie. Il a toujours été gentil avec elle, elle serait contente de rester en contact avec lui. Tout comme avec Zeina, Romain et même Julie. Mais pas comme Jacques le propose. Relancer Marée verte, mais de manière clandestine cette fois, Kim n'est pas sûre que ce soit une bonne idée. Ou au moins une idée pour elle. L'infirmière qui vient d'entrer dans la chambre la tire de sa réflexion :

– C'est bon Kim, les examens sont corrects ! Tu peux rentrer chez toi. On se voit le mois prochain !

– Oui oui, maugrée la patiente impatiente.

*
**

Vacances de Noël.

Léno meurt d'envie de bombarder sa sœur de questions sur Alexandre, mais elle se retient. Elle doit se montrer digne de confiance si elle veut que Bleuwen se livre. En attendant, elle boucle sa valise pour passer les quelques jours qui précèdent les fêtes chez mamito et papito. Loin de l'ambiance familiale, ça va lui faire du bien. Sa mère est encore plus étrange en ce moment, elle dort tout le temps. Son père, lui, agit comme si sa femme ne lui avait pas demandé d'avoir quitté la maison pour le 1er janvier. Ça va être sympa, Noël.

*
**

Vacances de Noël.

Deux heures maintenant que, de sa lampe torche, Anis balaie tout le jardin. L'inquiétude de Valentine commence à le gagner : quatre jours que Cachemire n'a pas montré le bout de son museau. Le chat est très aventurier, il s'est peut-être fait écraser par une voiture loin de leur rue. Ou alors… Non, Anis ne peut pas imaginer qu'Augustin lui ait fait du mal. Il ne peut pas mais il le fait quand même. Soudain, enfin, un sourd miaulement lui parvient aux oreilles. Là, depuis la cabane à outils… Dix minutes plus tard, tout le bazar que contient le cabanon est éparpillé sur la pelouse, et le chaton blotti dans les bras de Valentine.

– Merci Anis, t'es le meilleur ami qu'on puisse rêver d'avoir ! s'enthousiasme Valentine.

Le meilleur ami… la poitrine d'Anis se serre.

*
**

Refuge de Carros, quelques semaines plus tôt.

Légèrement à l'écart, Anis est intrigué par la mine amusée qu'affiche Victor, le jeune homme qui travaille au refuge. Quand Céleste, en toute modestie, a minimisé son engagement, le gars a carrément pouffé. L'air de rien, Anis s'approche de lui et se lance :

– On dirait que ça te fait marrer qu'on vous complimente. Tu nous trouves ridicules parce qu'on cause mais qu'on n'agit pas ?

– Oh, c'est pas ça du tout ! le calme tout de suite le jeune homme tout en prenant appui sur son balai. C'est l'image que vous avez de nous qui m'amuse. À croire qu'on a tous choisi de venir ici.

– Tu aurais préféré bosser ailleurs ? demande Anis.

Sa curiosité est piquée.

– Qui a dit que je parlais de moi ? lâche Victor, en fixant Céleste. Ta copine est loin d'être Brigitte Bardot, je te l'affirme. Tu trouves pas bizarre qu'elle ne manque jamais un samedi ?

Si, en effet : Anis a même été un peu vexé que Céleste ne vienne pas choisir le cadeau de Valentine avec Kim et lui. Même si ça a permis une bonne explication avec leur copine, il s'était au départ senti bien seul avec elle.

– Votre irréprochable copine a été condamnée à des travaux d'intérêt général parce qu'elle a balancé un mec au-dessus d'une balustrade. Le gars a failli y rester.

Et Anis aussi, désormais.

Achevé d'imprimer en juillet 2020 par Rotolito en Italie
N° d'édition : J20207
Dépôt légal : septembre 2020

Certifié PEFC
Ce produit est
issu de forêt gérées
durablement et
de sources contrôlées
www.pefc.it
PEFC™
PEFC/18-31-103

Ce livre a été imprimé sur du papier PEFC™ issu de forêts gérées durablement.